Chère Lectrice,

Aimez-vous les surpri[...] qu'importe : seule comp[...] délicieuse excitation qui [...] moment de remettre ou d'ouvrir le pa[...] mystérieux... C'est à cet instant magique que je songeais en composant le programme de ce mois de janvier... 2000. « A date exceptionnelle, programme exceptionnel ! » me répétais-je alors. L'événement, en effet, méritait qu'on s'y attarde : la fin d'un siècle, ce n'est pas si fréquent ! Et votre collection Azur se devait de la célébrer dignement. Relevant le défi, Anne Mather et Trisha David — deux de vos auteurs favoris — se sont attelées à la tâche, employant tout leur talent à la rédaction de ces merveilles de sensibilité et d'émotion que sont *L'époux retrouvé* (N° 1981) et *Les mariés de l'an 2000* (N° 1982). Je vous les livre aujourd'hui, joliment dissimulées sous leurs couvertures de papier, en espérant que vous les ouvrirez avec autant d'impatience que j'en ai à vous les offrir. Mais chut ! Puisque surprise il y a, vous ne saurez rien de plus...

Enfin, lorsque vous aurez satisfait votre curiosité, tournez-vous vers les six autres titres du mois, qui célèbrent, chacun à leur façon, la victoire de l'amour sur les revers du destin. Une leçon d'optimisme à méditer au moment d'entamer le prochain millénaire...

Bonne lecture et bonne année !

La Responsable de collection

Un bébé sur contrat

LYNNE GRAHAM

Un bébé sur contrat

HARLEQUIN

COLLECTION AZUR

Cet ouvrage a été publié en langue anglaise sous le titre :
CONTRACT BABY

Traduction française de
MONIQUE DE FONTENAY

Toute représentation ou reproduction, par quelque procédé que ce soit, constituerait une contrefaçon sanctionnée par les articles 425 et suivants du Code pénal.
© 1998, Lynne Graham. © 2000, Traduction française : Harlequin S.A.
83-85, boulevard Vincent-Auriol, 75013 Paris — Tél. : 01 42 16 63 63
ISBN 2-280-04681-4 — ISSN 0993-4448

1.

Dans le bureau de Digby Carson, homme de loi londonien, la tension monta d'un cran. Son client, Raul Zaforteza, un richissime Vénézuélien, venait de poser devant lui le dossier qu'il souhaitait lui confier. Il en sortit une photographie qu'il tendit à son interlocuteur.

— Voici la femme dont je t'ai parlé, Digby. Elle s'appelle Polly Johnson. Dans exactement six semaines, elle donnera naissance à mon fils. Je dois impérativement la retrouver avant cette date.

Digby examina la photo avec attention. Il ne s'attendait pas à être confronté à ce type de femme. Petite, menue, dotée d'une abondante chevelure brune et d'incroyables yeux bleu pervenche, elle souriait d'un air de parfaite innocence. Elle paraissait si jeune et si fragile qu'il était bien difficile de l'imaginer dans le rôle d'un incubateur humain, ou, selon le terme consacré, d'une mère porteuse.

Depuis qu'il était à la tête de ce respectable cabinet d'avocats, Digby Carson avait eu bien des cas difficiles à traiter, mais une affaire de mère porteuse qui tournait mal, jamais! A six semaines de la date de l'accouchement, la jeune femme qui lui souriait sur la photo avait disparu, déterminée à garder pour elle seule le bébé qu'elle portait. L'homme de loi lança un regard navré à son riche client. Ces choses-là arrivent, et il aurait dû le prévoir.

Raul Zaforteza avait amassé son immense fortune dans les mines d'or et de diamants d'Amérique du Sud. Homme d'affaires brillant, excellent joueur de polo, il remportait, d'après la presse people, un succès encore plus grand auprès des plus belles femmes de la planète. Pour l'instant, il ressemblait à un tigre à qui on aurait enlevé sa proie. Grand, mince, bâti comme un athlète, un feu brûlant au fond de ses prunelles sombres, il était impressionnant, même pour quelqu'un qui le connaissait depuis son enfance. Ses longs doigts racés tambourinaient sur le bureau avec impatience.

— Mon cher Digby, je pensais que mon avocat de New York t'avait transmis tous les éléments de cette affaire et que...

— Ce genre de dossier est bien trop délicat pour qu'on puisse le traiter par fax ou par téléphone, Raul ! Il fallait que je te rencontre. Avoir un enfant par l'intermédiaire d'une mère porteuse... ! Diable, comment as-tu pu te lancer dans pareille aventure ?

— *Por Dios*... tu connais mon enfance mieux que personne, Digby ! Tu devrais comprendre...

L'homme de loi se mordit la lèvre. Pour avoir longtemps travaillé pour le compte du père de Raul, il n'ignorait rien de leur histoire. Aussi riche et puissant qu'il soit devenu, Raul manquerait toute sa vie de l'amour et de l'équilibre que procure une famille unie. Pour l'heure, son visage affichait une détermination féroce.

— J'ai juré de ne jamais me marier. Il n'est pas question que j'accorde à une femme un quelconque pouvoir sur moi, mais ce n'est pas une raison pour que je me prive d'avoir un enfant !

— ... Fallait-il pour autant...

— Acquérir les services d'une mère porteuse était la solution idéale. Crois-moi, je n'ai pas pris cette décision à la légère, Digby. Et lorsqu'elle a été prise, je me suis personnellement assuré du choix d'une mère adéquate pour mon fils.

— Adéquate ?

Digby avait répété le mot en forme d'interrogation, curieux de savoir ce que Raul — toujours photographié au bras de blondes aussi superbes que sulfureuses — entendait par cet adjectif.

— J'ai fait publier un appel à candidature par mes avocats new-yorkais, et ils ont reçu de nombreuses réponses. Un médecin et un psychologue, engagés par mes soins, ont ensuite procédé à un premier tri sur la base d'une batterie de tests très sérieux, mais j'ai pris seul la responsabilité du choix final, bien entendu.

L'homme de loi examina de nouveau la photographie de Polly Johnson et fronça les sourcils.

— Voici donc le résultat de ton choix... Excuse-moi, mais elle me paraît bien jeune !

— Elle a vingt et un ans !

— Et elle était la plus... *adéquate* ?

— Disons que le psychologue a émis quelques réserves, mais que j'ai décidé de passer outre.

Digby lança à son client un regard perplexe, toutefois Raul poursuivit, imperturbable :

— Tout ce qu'il avait décelé chez ce sujet me paraissait parfaitement convenir à la future mère de mon enfant. Sans doute était-elle trop jeune et trop idéaliste. Mais elle est par ailleurs dotée de valeurs morales indubitables. Sa candidature n'était pas motivée par le simple appât du gain, comme la plupart des autres. Sa mère se mourait et l'argent devait servir à la sauver.

Digby hocha la tête d'un air entendu.

— Je vois. On peut donc supposer que l'urgence de la situation ne lui a pas permis d'analyser pleinement les implications du contrat.

— Peut-être. Il est désormais trop tard pour se perdre en de telles conjectures. Aujourd'hui, elle porte mon enfant et je ne peux pas la laisser s'évanouir dans la nature. Son dossier est très complet. Ses antécédents ont été soigneusement étudiés, et j'ai pu suivre sa trace jusqu'en Grande-Bretagne, car elle est anglaise. Elle est maintenant dans le comté du Surrey. Mais avant de faire quoi que ce soit, j'ai tenu à m'informer des droits qui sont les miens dans ce pays.

« Aucun, j'en ai peur ! » se dit Digby Carson en se gardant toutefois d'annoncer la nouvelle à son ombrageux client.

Il devait auparavant recueillir le maximum d'informations sur ce type de cas, un peu spécial. Le recours à une mère porteuse n'avait guère la faveur des Anglais. Si la mère souhaitait garder le bébé au lieu de le rendre au commanditaire, aucun contrat, aussi bien rédigé fût-il, ne pourrait convaincre un juge de reprendre l'enfant à sa mère. C'est l'intérêt de l'enfant qui l'emporterait dans une décision de justice.

— Explique-moi toute l'histoire dans le détail, Raul.

Raul Zaforteza laissa son regard errer à travers la fenêtre du bureau et commença à raconter. Il se rappelait la première fois où ses yeux s'étaient posés sur Polly Johnson, à travers le miroir sans tain du bureau de son homme de loi, à New York. Elle était si fragile, si différente des femmes qu'il avait l'habitude de côtoyer, et... si merveilleusement belle ! Au fur et à mesure des entretiens, il avait eu l'occasion d'apprécier son courage, son honnêteté, son comportement de jeune fille bien éduquée et pleine de retenue. Il avait jugé que ces qualités — qui n'étaient pas exactement celles qu'il avait coutume de rechercher chez les femmes — convenaient parfaitement à celle qui serait bientôt la mère de son fils.

Toutefois, plus il étudiait la jeune femme, plus il apprenait de choses sur elle, plus l'envie de la rencontrer, de lui parler, s'était imposée à lui. Cette idée l'obsédait. Cela lui permettrait — disait-il — d'être mieux à même de répondre aux questions que son fils ne manquerait pas de lui poser plus tard. Son homme de loi, toutefois, désapprouvait totalement ce projet. Il avait tenté de le dissuader de commettre pareille folie car, selon lui, garder l'anonymat était le seul moyen d'éviter d'être harcelé dans l'avenir. Mais Raul n'était pas homme à se laisser influencer. Jamais personne ne l'avait empêché d'agir comme il l'entendait. Son instinct — qui l'avait toujours guidé vers la réussite — lui commandait d'apprendre à mieux connaître la délicieuse Polly.

Il admettait, aujourd'hui, que sa démarche avait eu des conséquences plutôt désastreuses, et que cet instinct dont il se glorifiait ne l'avait pas alerté à temps de ce qui allait se produire.

Digby entreprit de résumer la situation.

— Une fois que la grossesse de la candidate a été confirmée, tu as installé cette jeune femme dans une maison du Vermont sous la garde d'une domestique en qui tu avais entière confiance. Où était donc sa mère malade, pendant tout ce temps ?

— Hélas, elle n'a pas survécu. Dès la signature du contrat, Polly l'avait fait admettre dans un hôpital pour y subir l'opération du cœur qui devait la sauver. Mais l'intervention a échoué.

— Juste ciel !

Digby ne put s'empêcher de penser que, ce jour-là, Raul Zaforteza avait vu disparaître, avec la défunte, l'unique raison qui avait poussé sa jeune candidate à devenir mère porteuse.

Raul poursuivit son histoire. Informé de la détresse de Polly par les rapports réguliers de Soledad, la domestique, il n'avait pu se résoudre à rester à distance de celle qui désormais portait son fils en son sein. Isolée dans un pays qui n'était pas le sien, encore très jeune et enceinte d'un homme qu'elle ne connaissait pas, confrontée à la mort d'un être qui lui était cher, la future mère de son enfant devait avoir besoin d'une épaule secourable.

— Je décidai alors de la voir. Ne pouvant me présenter comme le père de l'enfant qu'elle portait, je m'arrangeai pour que notre rencontre lui paraisse fortuite.

Digby réprima sa réprobation. Jamais Raul n'aurait dû

approcher cette femme! Quel homme complexe que ce Vénézuélien! Puissant homme d'affaires, intransigeant, adversaire redoutable et bourreau des cœurs de surcroît, il était également connu pour sa philanthropie. Ses amis l'appréciaient et le savaient capable d'une très grande sensibilité.

— J'ai d'abord loué une maison de week-end près de l'endroit où elle résidait et je me suis arrangé pour que nos chemins se croisent, poursuivit-il. Je n'ai pas eu à cacher mon identité, car le nom des Zaforteza lui était parfaitement inconnu. Je te rappelle que c'est une Anglaise. J'ai pris l'habitude de lui rendre visite chaque fin de semaine. Je ne restais pas longtemps. Elle... elle avait seulement besoin de quelqu'un avec qui parler.

Sous le coup d'une grande émotion, Raul semblait soudain avoir du mal à trouver ses mots.

— Et alors...? demanda Digby.

— Alors... rien! Je la traitais comme une sœur. Elle avait besoin de moi et j'étais là.

Une sœur! Digby réprima un sourire. Ses propres filles s'évanouissaient à la simple mention du nom de Raul. La dernière fois qu'il avait convié ce dernier à dîner chez lui, la soirée avait été terriblement éprouvante pour les trois coquettes qui avaient rivalisé de grâces afin de capter son attention. Même sa femme avait trouvé leur invité infiniment séduisant. Il ne fallait pas être devin pour imaginer le désarroi, la vulnérabilité d'une jeune fille qui venait de perdre sa mère, et qui réalisait peut-être avec effarement que son choix de devenir mère porteuse avait été un sacrifice inutile. Etre soudain l'objet de l'attention d'un homme aussi séduisant et sûr de lui que Raul ne pouvait l'avoir laissée indifférente.

— Quand a-t-elle disparu?

— Il y a trois mois. Un jour, de retour des courses, Soledad a trouvé la maison vide. Polly avait fait ses valises et elle était partie. Depuis, je ne dors plus. Je deviens fou. Je dois la retrouver.

— La possibilité est grande qu'elle ait décidé d'interrompre sa grossesse.

— Jamais Polly ne ferait une chose pareille ! Elle est bien trop attachée aux valeurs de la vie pour tuer l'enfant qu'elle porte.

Devant une telle véhémence, Digby leva une main apaisante.

— D'accord, d'accord ! Tu es venu me consulter au sujet de tes droits. Malheureusement, je crains que tu n'en aies aucun.

— Ce n'est pas possible ! s'insurgea Raul.

— Tu as décrit le sujet comme une jeune fille respectable qui n'a voulu devenir mère porteuse que pour sauver sa propre mère malade. Toi, tu es un riche étranger qui utilise la puissance de l'argent pour se payer un incubateur humain. Je ne pense pas que tu fasses très bonne impression sur les juges.

— Mais elle a signé un contrat ! Elle doit le respecter ! Elle ne peut pas me voler mon enfant !

Après une pause, il ajouta comme pour lui-même :

— *Dios mío*, jamais je ne pourrai la traîner devant les tribunaux.

— Je ne vois qu'une solution...

— Laquelle ?

— Epouse-la !

Les yeux de Raul lancèrent des éclairs.

— Si c'est une plaisanterie, Digby, sache que je la trouve de fort mauvais goût !

Henry tira une chaise pour Polly, afin qu'elle prenne place à la table dressée pour le dîner. Janice Grey, sa mère, fronça les sourcils à la vue du visage pâle et des yeux cernés de la jeune femme. A un mois de l'accouchement, Polly paraissait épuisée.

— Arrêtez votre travail, Polly, et décidez-vous enfin à épouser Henry ! lança Janice. Vous pourrez ainsi répondre aux exigences du testament de votre marraine, et vous reposer jusqu'à la venue du bébé.

— C'est en effet la meilleure chose à faire, renchérit le brave Henry.

Henry portait des lunettes, et ses cheveux blonds commençaient à se clairsemer. Comme toujours, il répétait ce que disait sa mère. Il ajouta toutefois :

— Il faudra veiller à ce que l'Etat ne vous prenne pas la plus grande partie de votre héritage.

— Je ne suis pas prête à épouser qui que ce soit !

Sous son abondante chevelure brune le visage de Polly montrait, malgré sa fatigue évidente, une détermination inébranlable. Henry et sa mère échangèrent un regard navré. La future maman contempla son assiette remplie de nourriture à l'odeur alléchante. Hélas, elle n'avait aucun appétit. Jamais elle n'aurait dû accepter cette chambre offerte par Janice. Mais comment aurait-elle pu deviner, en se réfugiant dans le Surrey auprès de la gardienne de l'ancienne propriété de sa marraine, que l'intérêt manifesté par cette femme n'était dû qu'à la cupidité ?

Janice Grey et son fils connaissaient les termes de l'étrange testament laissé par Nancy Leeward. Polly hériterait d'un million de livres de sa marraine à condition qu'elle se trouve un mari dans l'année et reste mariée au moins six mois. Depuis son arrivée dans leur famille, Janice tentait de la persuader qu'épouser son fils serait la fin de tous ses problèmes.

Pour Mme Grey, les choses étaient simples. Polly était une mère célibataire, future héritière si on lui trouvait d'urgence un mari, et Henry avait besoin d'argent pour s'installer comme consultant financier. L'affaire pouvait être rondement menée dans l'intérêt des deux parties.

— Il faut un minimum de moyens pour élever décemment un bébé, lança Janice dès que son fils fut sorti de la pièce. Pour l'avoir vécu moi-même, je sais combien il est difficile d'y arriver seule.

14

— Je m'en doute.

Polly posa les mains sur son ventre. Le bébé bougeait. Son cœur se remplit d'un doux émoi et elle sourit. Janice laissa échapper un profond soupir.

— Réfléchissez, Polly. Je sais bien que vous n'êtes pas éprise d'Henry, mais tomber amoureuse n'est pas toujours la meilleure chose qui puisse vous arriver.

Le sourire disparut des lèvres de la jeune femme. Consciente du point qu'elle venait de marquer, Janice reprit :

— Le père de l'enfant que vous portez s'est enfui dès qu'il a compris que vous étiez enceinte, n'est-ce pas ? C'est une attitude abjecte et totalement irresponsable ! Mon Henry n'est pas de cette espèce. Croyez-moi, Polly, les mariages les plus réussis sont les mariages d'intérêts. La perspective de vivre avec des moyens financiers confortables et durables représente une base solide sur laquelle on peut construire un couple.

— Je crains, hélas, que cela ne soit pas suffisant en ce qui me concerne, soupira la jeune femme en se levant de sa chaise.

Elle se sentait lourde, gauche, épuisée.

— Je vais aller m'allonger un instant avant de repartir au travail.

Elle grimpa avec difficulté les marches qui conduisaient à sa chambre. Janice avait raison sur un point : elle allait devoir s'arrêter de travailler. Mais jamais elle n'accepterait d'épouser Henry uniquement pour satisfaire les termes du testament de sa marraine. Elle avait déjà commis une erreur lourde de conséquences. Son désir de trouver de l'argent l'avait conduite dans la situation où elle se trouvait. « L'appât du gain est la cause de tous les maux de la terre ! » n'avait cessé de répéter son père tout au long de sa vie. Comme il avait raison !

Mais Polly n'avait pu se résoudre à laisser mourir sa mère sans tout tenter pour la sauver. Elle avait donc loué son ventre pour qu'il abrite l'enfant d'un étranger, en

15

échange d'une somme conséquente. Fallait-il qu'elle soit naïve et immature pour croire qu'après avoir senti un bébé grandir en elle, elle pourrait le céder sans aucun regret! Comment avait-elle pu apposer sa signature au bas d'un contrat par lequel elle s'engageait à ne jamais chercher à le revoir? Quand la situation était devenue intenable, elle s'était enfuie. Elle avait décidé de quitter les Etats-Unis pour rentrer en Grande-Bretagne afin d'échapper à Raul Zaforteza.

Depuis, la peur d'être retrouvée et d'avoir à rendre des comptes la hantait jour et nuit. Elle était devenue une hors-la-loi. Elle avait largement entamé la somme qui lui avait été remise à la signature du contrat. Or, que cet argent n'ait pas suffi à sauver sa mère ne la dispensait nullement d'honorer son engagement. Certes, le commanditaire avait lui aussi manqué aux règles élémentaires liées à ce type d'accord. Mais que vaudrait sa parole contre celle d'un Zaforteza?

D'horribles cauchemars la hantaient. Elle s'imaginait, extradée vers les Etats-Unis et passant en jugement, tandis que son bébé lui serait enlevé pour être expédié, tel un paquet, à un père immoral et totalement dénué de scrupules, qui lui offrirait une vie de luxe.

Polly s'allongea. Il lui était de plus en plus difficile de trouver la bonne position. Elle avait atteint le stade de sa grossesse où même le lit ne procure aucun confort. Le bébé commençait à s'agiter et à donner des coups de pied. La nuit, il la réveillait. Elle avait alors tout le loisir de penser à Raul Zaforteza, au terrible et séduisant Raul.

Quelle proie naïve et facile elle avait été entre les mains de ce monstre de duplicité! A la seconde même où ses yeux s'étaient posés sur lui, elle en était tombée éperdument amoureuse. C'était la première fois de sa vie. Elle n'avait alors vécu que pour leurs rencontres, tourmentée par le secret qu'elle lui cachait, comptant fébrilement les jours qui la séparaient de ses visites, le cœur à l'agonie lorsqu'il ne venait pas. *Le secret!* Un sourire amer lui vint aux lèvres. Soledad, la jeune domestique attachée à son service, avait fini par lui avouer la vérité. Raul Zaforteza, cet homme qu'elle avait cru rencontrer par hasard, était en fait le père de l'enfant qui grandissait en son sein, celui qui avait loué les services de son ventre.

Une heure plus tard, Polly se mettait en route pour son travail. C'était une de ces soirées de fin d'été déjà froides et pluvieuses. La jeune femme hésita quelques instants, puis dépassa l'arrêt du bus sans s'arrêter. Chaque penny devait être économisé, car bientôt elle ne pourrait plus travailler, et l'arrivée du bébé s'accompagnerait de nombreuses dépenses.

L'immense supermarché illuminait toute la rue de son enseigne. Polly y avait trouvé un emploi de caissière. Alors qu'elle se débarrassait de son manteau et de son sac dans les vestiaires, sa responsable passa la tête à la porte et fronça les sourcils.

— Tu as une mine épouvantable, Polly! J'espère que ton médecin sait ce qu'il fait en te permettant de continuer à travailler.

Polly n'avait pas consulté depuis deux mois et, lors de la dernière visite, le médecin lui avait déjà vivement conseillé de se reposer. Mais comment prendre du repos alors qu'elle allait devoir subvenir à ses besoins et à ceux de son bébé? Avec la volonté farouche de ne rien devoir à personne, les chevilles enflées et le dos horriblement douloureux, elle continuerait à travailler jusqu'à la limite de ses forces.

La fin de son service arriva. Le lendemain était son jour de repos. Polly se fit la promesse solennelle de ne rien faire sinon s'occuper d'elle-même. Elle revêtit son manteau, prit son sac et quitta le magasin. La pluie s'était enfin arrêtée. Les lumières des réverbères se reflétaient sur les pavés mouillés et les voitures passaient, éclaboussant les trottoirs.

17

Polly n'essaya pas de boutonner son manteau. C'était inutile : seule une tente aurait pu se refermer autour de son ventre énorme. Le poids de son corps était la cause de sa fatigue. Mais plus pour longtemps ! se dit-elle afin d'essayer de se consoler. Il lui semblait être enceinte depuis des années, mais bientôt, l'enfant naîtrait et ils feraient enfin connaissance.

Tête baissée, perdue dans ses pensées, elle avançait tel un automate et ne prit conscience qu'à la dernière seconde de la silhouette qui arrivait à vive allure en sens inverse et allait la percuter de plein fouet. Dans un effort désespéré pour l'éviter, elle perdit l'équilibre et serait tombée si des bras secourables n'avaient brusquement jailli pour la retenir. S'y accrochant comme à une bouée de sauvetage, Polly leva les yeux pour remercier son sauveur.

Elle poussa un cri :

— Raul !

Raul Zaforteza la contemplait du haut de son imposante stature, le visage impassible. En état de choc, Polly ouvrit et ferma la bouche sans qu'aucun son n'en sortît.

— Où que vous soyez allée de par ce vaste monde, je vous aurais retrouvée, Polly. Vous ne pouviez pas m'échapper. Dieu merci, la chasse est terminée !

2.

... ...

Le cœur de Polly se mit à battre une folle sarabande et des gouttes de sueur perlèrent sur son front.

— Lâchez-moi ! hurla-t-elle en tentant de se libérer.

— Il n'en est pas question ! Je vous ai retrouvée, et désormais, je ne vous quitterai plus d'une semelle.

La jeune femme vacilla. Une terrible migraine martelait soudain ses tempes et des papillons dansaient devant ses yeux. Elle allait se trouver mal ! La lumière du réverbère éclaira son visage et Raul laissa échapper un juron.

— *Por Dios*... aucun homme digne de ce nom ne pourrait vous abandonner dans l'état où vous êtes !

Sans plus réfléchir, il la souleva de terre comme si elle était aussi légère qu'une plume.

— Reposez-moi, et laissez-moi tranquille, je vous en prie !

Ignorant sa supplique, Raul fit un signe de tête en direction de la limousine garée un peu plus loin et la voiture glissa silencieusement le long du trottoir pour s'arrêter devant eux. Le chauffeur en jaillit pour ouvrir la portière et Raul installa précautionneusement son fardeau sur la banquette arrière. Il s'apprêtait à monter à son tour lorsque, le repoussant violemment, Polly se pencha hors de la portière, en proie à d'incoercibles vomissements. Lorsque enfin cet accès nauséeux se calma, la jeune femme se laissa retomber, épuisée, contre la banquette de cuir souple, et tamponna ses lèvres de son mouchoir. Le visage de Raul Zaforteza était plus livide encore que le sien. Sans doute n'avait-il jamais assisté à pareil spectacle. Polly regretta de n'avoir su se maîtriser, mais à la simple idée de s'excuser, elle eut une nouvelle nausée.

— Désirez-vous vous allonger? demanda Raul d'une voix blanche.

Comme elle refusait de la tête, il l'aida à se remettre droite sur la banquette, et, les narines frémissantes, elle reconnut son parfum.

— Vous... vous m'avez retrouvée! balbutia-t-elle comme si elle venait seulement de réaliser ce qui lui arrivait.

— Je vous aurais retrouvée au bout du monde s'il l'avait fallu. Ce n'était qu'une question de temps. Janice Grey ne s'est pas montrée très coopérative mais cela ne m'a guère gêné. La ville est petite et il m'a été facile de découvrir votre employeur.

Ils se tenaient assis, tendus, l'un à côté de l'autre. Polly était anéantie. Malgré tous les efforts déployés pour disparaître sans laisser de traces, Raul Zaforteza avait réussi à la rejoindre. La bataille allait être totalement inégale! Raul respirait la puissance et la force, tandis qu'elle n'était plus que faiblesse et vulnérabilité.

Une douleur fulgurante la fit tressaillir. Instinctivement, elle posa les mains sur son ventre en grimaçant.

— Vous... vous avez mal?

Elle leva les yeux. Raul regardait, fasciné, son ventre rebondi. Quelles pouvaient être ses pensées? Que l'enfant qui grandissait en elle lui appartenait?

— Je... je peux? demanda-t-il d'une voix timide.

Polly ouvrit de grands yeux interrogateurs, puis vit la longue main racée s'approcher de son ventre.

— Je... je peux sentir mon enfant bouger? reprit-il, une incroyable douceur dans le regard.

Polly recula et tenta de fermer les pans de son manteau, comme elle l'aurait fait d'une armure. En vain.

— Si vous me touchez, je hurle!

Raul retira aussitôt sa main et balbutia :

— Je... je suis désolé. Je n'aurais pas dû. Ce n'était effectivement pas une bonne idée.

Polly se souvint alors des bonnes manières et de l'extrême délicatesse de Raul, lorsqu'ils s'étaient rencontrés. Plus encore que son physique, c'étaient ces qualités qui l'avaient séduite.

— Raccompagnez-moi et prenons rendez-vous pour un entretien, dès demain si vous le désirez, proposa-t-elle d'une voix conciliante.

Raul appuya sur le bouton de communication et conversa en espagnol avec le chauffeur. Les souvenirs submergèrent Polly. C'était toujours dans cette langue que Raul s'adressait à Soledad. La gracieuse domestique, sans doute trop jeune et trop innocente, n'avait pas su se montrer à la hauteur de la comédie que son maître lui avait ordonné de jouer. Elle avait fini par vendre la mèche. Jamais Raul Zaforteza, pour qui les êtres humains n'étaient rien d'autre que des pions sur un échiquier, manipulables à l'envi, n'aurait imaginé que cela pût arriver.

La puissante voiture quitta le bord du trottoir et s'engagea dans l'avenue, ramenant les pensées de Polly à la réalité. Comme Raul composait sur le clavier un numéro de téléphone, la jeune femme l'observa derrière ses yeux miclos, admirant malgré elle les larges épaules, la taille fine et les cuisses musclées, parfaitement mises en valeur par la coupe d'un costume anthracite tout droit sorti de chez un grand couturier.

Il parla longuement à son interlocuteur sans que Polly comprenne un traître mot de leur conversation, puis il reposa le combiné et se tourna vers elle.

— Vous n'aviez pas le droit de vous enfuir, Polly ! dit-il d'un ton sévère, le visage dur et la voix aussi tranchante qu'un couteau. Vous portez mon enfant. Si, par votre attitude inconséquente, vous avez mis son existence en danger, vous le regretterez toute votre vie, je puis vous l'assurer !

21

Polly porta la main à son front. La migraine lui vrillait les tempes. Elle n'avait donc jamais été, aux yeux de cet homme, qu'un incubateur humain qui devait être constamment surveillé et maintenu en parfait état de marche! Les attentions et la tendresse qu'il lui avait manifestées dans le Vermont n'avaient été que comédie.

— Comment avez-vous pu vous mettre dans un état aussi lamentable? poursuivit-il d'un ton accusateur.

— Je vais très bien! protesta-t-elle.

— Ah oui! Regardez vos chevilles, elles ont doublé de volume.

Y avait-il un détail de son anatomie qu'il n'ait passé en revue? Certes, elle ne devait pas paraître à son avantage, mais quelle importance cela avait-il? Mille fois plus séduisante dans le Vermont, elle n'avait jamais présenté pour lui le moindre attrait. Hélas, elle avait mis du temps à découvrir cette humiliante réalité.

— Je ne vous laisserai pas mon bébé, s'écria-t-elle. A aucun prix!

— Calmez-vous, je vous en prie! Dans votre état, toute agitation peut être néfaste.

Comme pour confirmer ses dires, le bébé s'agita et donna un violent coup de pied. Polly ferma les yeux en grimaçant de douleur. Elle entendit alors Raul ouvrir un compartiment et déboucher un flacon. Quelques secondes plus tard, il lui passait sur le front et les tempes un linge imbibé d'eau fraîche.

— A partir de maintenant, je reprends les choses en main! annonça-t-il, péremptoire. Jamais je n'aurais dû vous quitter des yeux. Qu'est-ce qui vous a pris de disparaître ainsi? J'ai cru mourir d'inquiétude. J'avais l'intention de vous agonir d'injures quand je vous retrouverais, mais vous êtes dans un tel état que je ne puis m'y résoudre.

Sans forces, totalement à sa merci, Polly affronta la fureur de son regard, que contredisaient la gentillesse et la délicatesse de ses gestes. L'état de la future mère de son fils exigeait de Raul Zaforteza douceur et attentions, mais de toute évidence, cela l'insupportait. L'idée qu'avoir à subir sa gentillesse forcée insupportait Polly tout autant l'aurait-elle réconforté?

— Je vous hais! lança-t-elle alors avec une férocité dont elle ne se serait jamais crue capable.

L'espace d'un instant, il parut déconcerté par la violence de cette affirmation, mais il se reprit bien vite et éclata de rire.

— La haine est, paraît-il, un sentiment proche de l'amour et rien de tel ne pourra jamais nous lier, vous en conviendrez. Le seul lien qui nous unisse est ce bébé qui grandit en vous, qui est à moi et que vous vous êtes engagée par contrat à me restituer à sa naissance.

— Vous n'êtes qu'un monstre, un menteur et un tricheur!

Alors qu'elle l'apostrophait ainsi, la limousine s'arrêta devant un vaste bâtiment de construction moderne. Le chauffeur se précipita pour leur ouvrir la portière. Polly connut un instant de panique.

— Où sommes-nous?

Une infirmière surgit, poussant devant elle une chaise roulante. Raul s'empressa de descendre du véhicule et, écartant le chauffeur, maintint lui-même la portière ouverte.

— Un médecin va vous examiner.

— Vous n'allez pas m'enfermer dans un asile?

Raul partit d'un nouvel éclat de rire.

— Les bébés naissent plutôt dans des maternités. Même les Vénézuéliens savent cela. Et, je vous en prie, cessez de penser que je vous veux du mal!

Avant même qu'elle ait pu prévoir son geste, il se baissa et la souleva dans ses bras. Polly cessa de résister. Raul était le plus fort.

— Je vous ai apporté une chaise roulante, monsieur, lui rappela l'infirmière.

Raul balaya son offre d'un mouvement de tête.

— Elle ne pèse pas si lourd que je ne puisse la porter.

La porte d'entrée s'ouvrit automatiquement à leur approche et Raul la franchit d'un pas ferme, tout en prenant mille précautions pour ne heurter aucun obstacle. Il la transportait comme si elle était l'objet le plus précieux au monde. L'incubateur humain devait être protégé jusqu'à ce qu'il accomplisse la tâche qui lui avait été confiée. Malgré ces pensées amères, Polly fut heureuse de laisser reposer sa tête contre la puissante poitrine.

— Je vous hais! répéta-t-elle comme pour s'en persuader.

— La haine demande une force et une énergie que vous n'avez plus, ma chère Polly...

Un homme aux cheveux grisonnants, vêtu d'une blouse blanche, s'avança alors vers eux. Raul s'adressa à lui en espagnol. L'homme hocha la tête et les guida vers une salle de consultation.

— Parlez anglais, je vous en prie! ordonna Polly.

— Oh... pardon! s'excusa Raul. Rodney Bevan est le chef de cette clinique et il est aussi mon ami. Il a vécu au Vénézuela. C'est pourquoi il parle parfaitement ma langue.

Avec d'infinies précautions, il déposa Polly sur la table de consultation. Elle lui lança alors, d'un ton cassant :

— Si l'on doit m'examiner, je vous demande de quitter cette pièce !

Comme il ne bougeait pas, le médecin lui adressa quelques mots en espagnol. Avec une évidente réticence, Raul consentit alors à s'éloigner.

— Que lui avez-vous dit? demanda Polly, intriguée.

Le chef de clinique sourit.

— Qu'ici, la star ce n'est pas lui, mais vous !

L'infirmière s'approcha pour lui prendre la tension. Le médecin l'ausculta. Tous deux affichaient un air préoccupé. Et le verdict tomba :

— Il semble que vous ayez quelque peu abusé de vos forces, Polly. Je vais vous administrer un calmant afin de

24

pouvoir procéder à un examen plus complet, indispensable dans votre état actuel.

— Non ! Je veux rentrer chez moi.

Rodney Bevan quitta la salle, l'air soucieux. Les bruits d'une conversation parvinrent jusqu'à Polly, épuisée. Puis la porte s'ouvrit de nouveau et Raul s'approcha d'elle.

— Polly, je vous en supplie, laissez Rodney vous examiner.

— Je ne vous fais pas confiance. Ni à vous, ni à votre ami. Je ne veux pas me réveiller au Vénézuela.

Raul blêmit.

— Comment pouvez-vous me suspecter de telles intentions ?

— Je vous crois prêt à tout pour me voler mon bébé !

Le silence s'installa, aussi lourd que du plomb. Raul semblait soudain perdu et à court d'arguments.

— Je vous jure que ma démarche n'a pour objectif que votre bien-être, répliqua-t-il enfin. Pensez au bébé, Polly. Que feriez-vous si vous veniez à le perdre ?

Ces mots produisirent sur Polly l'effet escompté. Elle donna son accord. Quelques secondes plus tard, une infirmière glissait une aiguille dans la veine de son bras. Elle se laissa faire, heureuse d'échapper tout à la fois aux coups de marteau qui résonnaient dans sa tête et au sentiment de culpabilité déclenché par les paroles de Raul.

Elle flottait dans un univers cotonneux, à demi inconsciente. Les souvenirs affluaient à sa mémoire. Elle entendait son père hurler des injures à sa mère en sanglots. Elle se revoyait, petite fille de sept ans, découvrant un matin que sa maman n'était plus là. Puis harcelant son père de questions. Devant le désarroi de la fillette, ce dernier avait laissé exploser sa colère, puis avait expédié la petite chez sa marraine. Nancy Leeward avait tenté de lui expliquer ce qui s'était passé :

— Ta maman a fait une chose inacceptable, ma chérie : elle est partie avec un autre homme. Elle vit à New York, maintenant. Mais ne t'inquiète pas. Plus tard, quand le temps aura passé, lorsque ton père l'autorisera, ta maman viendra te rendre visite.

Polly avait attendu, longtemps, longtemps. En vain. Sa mère n'était jamais revenue. Privée d'amour maternel, l'enfant avait cherché du réconfort auprès de sa marraine, qui l'avait aimée sans réserves. Ce ne fut que dans sa vingt et unième année, le lendemain des funérailles de son père, que Polly découvrit le paquet de lettres, en triant des papiers dans le bureau paternel. Des lettres envoyées pendant des années par une mère éplorée suppliant qu'on lui octroie le droit de revoir sa fille. Un droit que son père, par esprit de vengeance, ne lui avait jamais accordé. Pire encore, pour plus de sécurité, il avait envoyé Polly dans un pensionnat dont l'adresse avait été soigneusement tenue secrète. Emue jusqu'aux larmes quand elle avait pu lire ces missives déchirantes, Polly avait alors éprouvé un bonheur ineffable. Sa mère l'avait aimée, contrairement aux assertions mensongères de son père !

Peu après cette révélation, le cœur gonflé d'espoir, Polly prit l'avion pour New York, afin de retrouver sa mère. Elles tombèrent dans les bras l'une de l'autre. Hélas, le bonheur des deux femmes fut de courte durée. Veuve depuis quelques années de son deuxième mari, cette mère qui avait tant manqué à Polly souffrait d'une grave insuffisance cardiaque. Seule une opération, conduite par un chirurgien de renom, pouvait encore la sauver. Mais il fallait de l'argent, beaucoup d'argent... qu'elles ne possédaient ni l'une ni l'autre. C'est alors que Polly avait lu l'annonce...

Ensuite, elle avait connu une vie de solitude dans la maison du Vermont... Puis de douleur et de souffrance quand elle avait appris la terrible nouvelle. Elle revit alors sa première rencontre avec Raul, dans la magnifique forêt

26

où elle aimait à se promener. C'était son seul moyen d'échapper à la sollicitude parfois pesante de Soledad. L'unique lieu où elle pouvait pleurer tout à loisir la mort de sa mère. Raul, promeneur solitaire, comme elle, l'avait un jour bousculée par inadvertance...

Elle savait aujourd'hui que cette rencontre n'avait rien eu de fortuit. Qu'elle n'était que l'aboutissement d'un plan minutieusement élaboré. Mais ce jour-là, elle avait croisé le regard de velours de l'homme qui se confondait en excuses pour l'avoir heurtée. Ce jour-là, elle avait signé sa perte.

Polly se réveilla le lendemain matin, vêtue d'une hideuse chemise de nuit d'hôpital. Elle avait une chambre pour elle seule, dotée d'une salle de bains fonctionnelle. Sa migraine avait disparu. Mais pas sa fatigue.

Elle appela l'infirmière. Accourue à son coup de sonnette, cette dernière effectua les contrôles de routine, puis l'aida à faire sa toilette, avant de lui transmettre les consignes du Dr Bevan : la future maman devait se soumettre au repos absolu. Il ne restait plus à Polly qu'à faire contre mauvaise fortune bon cœur et à dévorer le copieux petit déjeuner qu'on venait de lui apporter.

Deux heures plus tard, le chauffeur de Raul pénétra dans sa chambre avec une valise qu'elle reconnut comme étant la sienne. Elle contenait toutes les affaires qu'elle avait laissées dans sa chambre, chez les Grey. Une aide-soignante l'aida à se débarrasser de l'affreuse chemise de nuit pour l'une des siennes. A la vue de l'enveloppe marron au fond de sa valise, Polly eut un sourire de satisfaction. Le temps de la confrontation était venu. Raul Zaforteza allait devoir s'expliquer. Elle détenait toutes les preuves de ses manœuvres de manipulation et d'odieuse tromperie.

Le temps passa. Une éternité pour Polly qui se tenait assise dans son lit, appuyée sur ses oreillers, les yeux rivés sur la porte. Pour la première fois depuis longtemps, les couleurs étaient revenues à ses joues. Soigneusement brossés, ses longs cheveux bruns encadraient son fin visage et tombaient en cascade sur ses épaules.

La porte s'ouvrit enfin et Raul pénétra dans la pièce. Polly retint son souffle. Dans son impeccable costume beige, il paraissait plus séduisant et plus sûr de lui que jamais. Son pouls s'accéléra et elle eut honte d'être aussi sensible au charme de l'odieux manipulateur.

Son visiteur l'enveloppa d'un regard froid, presque clinique. Le regard de celui qui vient surveiller l'état de marche de son incubateur.

— Je vois que vous allez mieux ! nota-t-il d'un air satisfait.

— Je vais mieux, en effet, reconnut-elle, mais je ne puis rester dans cette clinique.

— C'est pourtant ce que vous allez faire. Nulle part ailleurs vous ne serez mieux soignée qu'ici.

Son regard se porta sur l'enveloppe qu'elle tenait à la main.

— Les résultats de vos examens ?

— Non. Les preuves de votre ignominie. Oh, bien entendu, ce ne sont pas les originaux, seulement des photocopies.

— *Dios mío*... mais de quoi parlez-vous ?

— Ne jouez pas les innocents, je vous en prie ! Tout a été organisé d'une manière si brillante. Me faire croire que l'on me donnait accès à des informations ultra-confidentielles... était un scénario digne des plus grands metteurs en scène d'Hollywood !

Le visage de Raul reflétait la plus totale stupéfaction.

— Je ne comprends pas un mot de ce que vous dites.

Polly lança l'enveloppe au pied du lit.

— Vous jouez la comédie de la surprise avec un talent consommé, monsieur Zaforteza. Je vais donc vous rappeler les faits. Au moment de signer le contrat, comme j'exigeais que l'on me donne des garanties sur le couple qui avait sollicité l'aide d'une mère porteuse, votre homme de loi m'a affirmé que c'était impossible, ses clients désirant garder le plus strict anonymat. J'ai alors refusé de signer. Vingt-quatre heures plus tard, je recevai un appel téléphonique et rencontrai dans un café un jeune clerc de l'étude. Il comprenait si bien ma demande, il était tellement touché par mon désarroi, qu'il se déclarait prêt à risquer sa place et à me transmettre le dossier ultra-confidentiel sur le couple en manque d'enfants.

— Le... le dossier ?

— J'ai la copie dans cette enveloppe. Elle contient les fiches signalétiques de ce fameux couple au désespoir. Oh... il n'y avait pas de nom, bien entendu, ni aucun détail qui aurait pu me permettre de les identifier...

Les larmes lui brûlaient les paupières et les mots avaient de plus en plus de mal à franchir la barrière de ses lèvres.

— L'émotion m'a submergée à la lecture de leur déso-lation. Leur chagrin de ne pouvoir concevoir un enfant par eux-mêmes me semblait si réel, si profond. Je pouvais les aider à fonder une famille. Cet horrible contrat que l'on me demandait de signer prenait désormais tout son sens. Hélas, le dossier était un faux. On m'avait manipu-lée.

— *Madre mía...*

Raul la fixait comme s'il ne pouvait croire à ce qu'elle racontait.

— Comment avez-vous pu tomber aussi bas ? poursui-vit-elle tandis que les larmes ruisselaient sur ses joues.

Raul semblait soudain transformé en statue. Seul le tressautement d'un muscle près de sa bouche donnait un semblant de vie à son visage, devenu gris cendre. Comme il restait silencieux, Polly poursuivit :

— Je priai le jeune clerc de m'accorder une heure afin que je puisse étudier le dossier et prendre une décision. Il accepta. Je photocopiai alors les fiches à son insu. Le len-demain, je signai le contrat. Il me semblait qu'il était de mon devoir d'aider ce couple à trouver le bonheur.

Après ce qui parut à Polly une éternité, Raul sembla enfin sortir de l'état de prostration dans lequel il avait l'air plongé. Il se dirigea vers la fenêtre et laissa long-temps son regard errer sur les nuages qui flottaient dans le ciel, lui tournant le dos. La jeune femme retomba contre ses coussins et essuya ses larmes d'un revers de la main.

Lorsque enfin Raul se retourna vers elle, son visage exprimait une sincère consternation.

— Il semble que vous ayez été odieusement trompée et abusée, Polly, mais je vous jure que je n'y suis pour rien. Quelqu'un a pris cette initiative sans me consulter. J'ignorais votre réticence à signer le contrat.

— Comment puis-je être certaine que vous me dites la vérité?

— Vous devez me croire sur parole. Je veillerai à ce que les coupables soient retrouvés et punis. Ils devront vous présenter leurs excuses. Jamais je n'ai donné pareilles instructions. Pourquoi l'aurais-je fait? Il y avait bien des candidates prêtes à signer ce contrat.

C'est ainsi que Polly apprit, avec étonnement, qu'elle avait été choisie parmi d'autres jeunes femmes. Mais sa plus grande surprise venait de la réaction spontanée de Raul : il était innocent, cela ne faisait aucun doute.

— Etes-vous prête, désormais, à respecter ce contrat que vous avez signé? demanda-t-il, une pointe d'inquié-tude dans la voix.

— A un être de votre espèce, je ne confierai rien de précieux. Et surtout pas un fragile et innocent bébé.

Il la fixa, interloqué.

— Et pour quelle raison?

— La presse populaire fait ses choux gras de vos nom-breuses conquêtes féminines. Elever un enfant requiert des qualités dont vous semblez totalement dépourvu.

— Je ne vous autorise pas à juger de mes capacités de père! protesta-t-il, furieux. Vous avez apposé votre signa-ture au bas d'un contrat et vous devez l'honorer. L'enfant que vous portez est le mien.

— Il est le mien aussi !

— Que suggérez-vous ? Que nous nous le partagions en deux afin d'en avoir chacun une moitié ? Je sais que vous avez une autre solution en tête mais je vous avertis : jamais je ne permettrai à ce minable d'élever mon enfant !

Polly eut un haut-le-corps.

— *Ce minable !* Quel minable ?

— Cet avorton d'Henry Grey. Il m'a annoncé vos fiançailles. Que vous gâchiez votre vie m'importe peu, mais jamais je ne vous laisserai gâcher celle de mon enfant !

Raul s'était mis à faire les cent pas dans la pièce, tel un tigre en cage. Soudain, sans qu'elle sût pourquoi, Polly éprouva le désir irrésistible de prendre cet homme dans ses bras. C'est alors qu'une silhouette se profila dans l'encadrement de la porte.

— Je crois qu'il vaut mieux que tu partes, Raul ! lança Rodney Bevan d'un ton sans réplique.

— *Que je parte !* répéta Raul, choqué.

— Oui. Tu es beaucoup trop agité. Seuls les visiteurs qui savent garder leur calme sont admis à rester ici.

Nonchalamment installée dans une chaise longue, vêtue d'une robe légère en cotonnade imprimée de fleurs aux tons pastel, Polly abandonnait son visage à la douce caresse des rayons du soleil. En cette délicieuse fin d'après-midi, le jardin intérieur de la clinique lui apparaissait comme un paradis. Même la visite impromptue d'Henry ne parvenait pas à gâcher le plaisir qu'elle éprouvait à se retrouver environnée de verdure. Son visiteur lui lança un regard chargé de reproche.

— Ma parole, on croirait que vous êtes heureuse...

Polly laissa échapper un soupir de contentement.

— Pourquoi ne le serais-je pas ? L'endroit est si agréable, si paisible...

Ces trois jours passés loin des Grey lui avaient permis

de prendre pleinement conscience de la pression que ces derniers n'avaient cessé d'exercer sur elle.

— Maman pense que vous devriez rentrer à la maison, annonça Henry.

— Pourquoi avez-vous dit à Raul que nous étions fiancés? répliqua-t-elle du tac au tac.

— J'espérais qu'il partirait et nous laisserait tranquilles. Il n'a rien à faire ici, à se pavaner dans sa belle voiture et à se comporter comme si vous lui apparteniez.

Ainsi même Henry, malgré son affligeante niaiserie, avait remarqué le comportement possessif de Raul à son encontre. « Ce n'est pas moi qui l'intéresse mais le bébé que je porte », aurait-elle voulu lui expliquer. Mais elle jugea plus prudent de s'abstenir.

— C'est très gentil à vous d'être venu me rendre visite, Henry. Dites à votre mère que je la remercie pour sa proposition mais qu'il n'est pas question que je retourne vivre chez vous.

Henry faillit s'étouffer.

— Vous ne parlez pas sérieusement!

— Jamais je n'ai été aussi sérieuse, au contraire. Il n'est pas question que je vous épouse, Henry. Je suis désolée.

— Vous avez complètement perdu la tête! Il vaut mieux que je parte, maintenant. Mais je reviendrai plus tard, lorsque vous aurez recouvré vos esprits.

Après le départ du jeune homme, Polly savoura de nouveau la tranquillité et la beauté du lieu. Elle reprenait des forces. Cela faisait longtemps qu'elle ne s'était pas sentie aussi bien.

Soudain, elle aperçut Raul à l'une des entrées du jardin. Il parcourait les chaises longues du regard, à sa recherche, sans aucun doute. Cachée par un bosquet, elle ne fit rien pour attirer son attention.

Comme à son habitude, il portait un costume d'une coupe parfaite et d'une extrême élégance. La lumière du soleil donnait un reflet presque bleuté à ses cheveux noirs. Il se dégageait de cet homme une force tellement virile, mêlée d'une sensualité si troublante, que le pouls de la jeune femme s'accéléra. Il en était hélas toujours ainsi. Dès que Raul paraissait, elle perdait ses moyens.

Comment avait-elle pu imaginer qu'un homme aussi séduisant, connu pour ses succès auprès des plus belles femmes du monde, s'était vraiment intéressé à elle ? Lors de ses visites dans le Vermont, jamais il ne lui avait fait la moindre avance. Pas une seule fois il n'avait eu un geste déplacé. Au début, sa présence la rendait nerveuse, mais peu à peu ses manières exquises l'avaient mise en confiance et elle s'était prise à rêver... qu'il se plaisait en sa compagnie. Fallait-il qu'elle soit naïve !

Traversant le jardin, son visiteur finit par l'apercevoir. En quelques enjambées, il fut près d'elle.

— Que faites-vous ici ? Vous devriez être au lit !

— J'ai été autorisée à prendre l'air.

— Je vous ramène dans votre chambre ! Nous ne pouvons parler affaires ici.

Refusant la main qu'il lui tendait, elle s'extirpa, seule, de la chaise longue.

— Parler *affaires* ! répéta-t-elle, le visage fermé. Je vous préviens, jamais mon bébé ne deviendra une marchandise à négocier !

— Qui a dit qu'il le serait ? Croyez-vous donc être la seule à trouver que cette affaire prend une tournure extrêmement désagréable ?

Ils partagèrent l'ascenseur avec deux jeunes et jolies infirmières qui dévorèrent Raul des yeux. Leur admiration manifeste réveilla des questions que Polly s'était maintes fois posées. Pourquoi un homme tel que lui avait-il eu recours à une mère porteuse ? Pourquoi ne se mariait-il pas, tout simplement ? Que Raul Zaforteza, le symbole même de la virilité, ait choisi d'avoir un descendant par l'intermédiaire d'une insémination artificielle dépassait proprement l'entendement.

A peine Polly avait-elle pris place sur le divan de sa chambre que Raul lançait l'offensive :

— Notre rencontre dans le Vermont a été une erreur, je le reconnais. Elle n'aurait jamais dû avoir lieu.

Une *erreur*! Polly faillit s'étrangler. Comment Raul pouvait-il parler avec une telle indifférence de ce qui avait totalement bouleversé sa vie? Elle dut lutter contre l'envie de lui griffer le visage. Mais quand il marcha vers la fenêtre, elle ne put s'empêcher d'admirer la grâce de ses mouvements, et songea qu'il était étrange de porter en son sein l'enfant de cet homme, alors qu'il n'y avait jamais eu entre eux le moindre contact sexuel !

— Mais j'ai désiré vous rencontrer dès l'instant où vous avez signé le contrat, avoua-t-il.

— Pourquoi ?

— J'étais certain qu'un jour mon enfant désirerait savoir à quoi ressemblait sa mère.

Polly se mordit la lèvre. Qu'avait-elle espéré ? L'unique préoccupation de Raul Zaforteza avait toujours été l'enfant qu'il avait décidé d'avoir.

Soudain, on frappa à la porte. Une jolie brunette entra, poussant devant elle un chariot. C'était l'heure du goûter. Raul commanda un café sans même chercher à savoir si les visiteurs avaient ce droit. La jolie brunette s'empressa de le servir. Dès qu'elle eut disparu, il prit place dans un fauteuil en face de Polly.

— Comment trouvez-vous cet endroit? Est-ce suffisamment confortable ?

— Tout est parfait.

— Mais les journées sont longues et vous vous ennuyez, n'est-ce pas ? Un magnétoscope, des cassettes et des livres vont vous être livrés. Je suis désolé de ne pas y avoir pensé plus tôt.

Polly eut un geste agacé.

— Pourquoi dépenser tout cet argent alors que je ne cesse de vous répéter que je ne compte pas honorer ma part du contrat ?

34

A sa grande surprise, Raul lui sourit.

— Avec le temps, vous allez reconsidérer la question, j'en suis certain.

— Jamais !

— Nous verrons. De toute façon, il est normal que j'assume tous les frais. Si vous avez besoin de soins médicaux, c'est à cause de moi. Sachez qu'il n'est pas dans mes habitudes de fuir mes responsabilités. Laissez-vous prendre en charge, que diable...

Polly humecta de la langue ses lèvres desséchées, attirant involontairement le regard de Raul sur sa bouche. La tension qui paraissait souder ce regard à sa bouche était telle, pendant ce qui lui parut une éternité, qu'elle n'osait plus faire le moindre mouvement. Semblant enfin recouvrer sa mobilité, Raul se leva et marcha vers la fenêtre.

— On étouffe ici ! lança-t-il en ouvrant largement les battants.

Puis il se retourna et dit d'une voix posée :

— Il existe une autre solution que celle d'épouser cet infâme profiteur d'Henry Grey.

— *Infâme profiteur !*

— C'est le terme qui convient. Henry Grey n'est pas homme à accorder la moindre attention à une femme en difficulté, encore moins si elle est enceinte d'un autre, à moins qu'un intérêt financier ne l'y pousse fortement.

— Vous... vous avez appris pour le testament ?

— Votre marraine avait de bien étranges idées ! Vous obliger à vous marier dans l'année pour hériter d'un million de livres ! J'en ai une bien meilleure à vous proposer. Vous laissez tomber cet imbécile de Grey, et en échange, je vous offre la somme prévue dans votre héritage.

— Vous... vous voulez bien répéter ? bredouilla Polly, incrédule.

— Vous m'avez très bien compris. Oubliez ce testament fantaisiste et laissez tomber ce minable.

Suffoquant de rage à peine contenue, Polly se leva du sofa afin d'affronter, debout, celui qui se permettait encore de vouloir disposer de sa vie.

— Comment osez-vous me faire une telle proposition ?

Raul la dominait de toute sa hauteur et semblait, lui aussi, avoir le plus grand mal à maîtriser la rage qui l'habitait.

— *Caramba !* Je ne puis vous imaginer mariée à ce bellâtre !

C'est alors que Polly fit une chose dont l'audace la surprit. S'emparant de la cruche remplie d'eau qui se trouvait à portée de sa main, elle en lança avec violence le contenu au visage de son interlocuteur.

— Voici ma réponse, monsieur Zaforteza ! Je ne suis pas une marchandise que l'on peut acheter. Ni aujourd'hui ni demain.

Dégoulinant de la tête aux pieds, Raul Zaforteza demeura tout d'abord sans réaction, visiblement dépassé par les événements, puis il se passa une main dans les cheveux, dégageant la mèche mouillée qui lui tombait sur le front.

— Vous avez de la chance d'être une femme ! lança-t-il d'une voix qui lui fit courir des frissons le long de la colonne vertébrale. Un tel geste aurait pu coûter la vie à un homme.

Dans la seconde suivante, il avait quitté la pièce. Polly se laissa retomber sur le sofa, tremblant de tous ses membres. Jamais elle ne se serait crue capable d'un tel comportement. Raul Zaforteza déclenchait en elle les pires réactions qui soient.

3.

Le lendemain matin, juste avant l'heure du déjeuner, un livreur se présenta dans la chambre d'hôpital de Polly avec un magnétoscope et une collection de cassettes. Pendant qu'il lui installait l'appareil, la jeune femme parcourut les titres des films que Raul avait sélectionnés pour elle. Des films d'amour, très romantiques. Elle n'aurait pu mieux choisir.

Raul connaissait tout d'elle, jusqu'à ses pensées les plus intimes. Après leur rencontre dans le Vermont, mise en confiance, elle s'était laissée aller à de folles confidences, répondant sans restriction à toutes les questions qu'il lui posait, lui livrant son âme. La nausée lui monta aux lèvres à la pensée qu'elle n'avait été pour lui qu'un objet d'étude. Il s'était amusé à la disséquer pour mieux cerner cet incubateur humain dont il avait loué les services pour avoir un enfant. *Afin qu'il pût mieux répondre à ses questions, plus tard!*

Et dire qu'hier, sans la moindre hésitation, cet homme avait osé lui proposer un million de livres pour qu'elle renonce à épouser Henry Grey. Raul Zaforteza était prêt à payer une fortune pour l'empêcher d'épouser un autre homme. Certainement pas pour la protéger, non! Seulement dans le but de préserver l'avenir de son enfant. Elle aurait dû le rassurer, lui assurer que pour rien au monde elle n'aurait épousé ce bellâtre, mais elle n'en avait rien fait. S'abriter derrière ces fausses fiançailles lui convenait par-

37

faitement. Elle voulait ainsi lui signifier qu'elle avait évolué, depuis leur rencontre dans le Vermont.

Quel pitoyable système de défense! se reprocha-t-elle avec rudesse. Cela témoignait de sa totale incompétence à gérer ses relations avec la gent masculine. Mais comment aurait-il pu en être autrement? La rigidité des principes de son père l'avait empêchée de mener une vie sociale normale. Il lui avait même été difficile de conserver des amies parmi les filles de son âge, tellement les critiques du pasteur sur leur façon de se vêtir étaient acerbes. Il les faisait irrémédiablement fuir!

A l'adolescence, comme la plupart des filles de son âge, elle était tombée amoureuse. Mais le garçon avait vite perdu patience, car le père de Polly ne lui permettait aucune sortie en sa compagnie.

A l'université, elle ne logeait pas au campus. Elle tenait la maison de son père et l'aidait dans ses activités de pasteur. Il lui était parfois arrivé de se glisser hors de sa chambre pour se rendre en cachette à une surprise-partie. Mais son sentiment de culpabilité, mêlé au peu d'intérêt qu'elle trouvait à voir les mains d'un homme se promener avec avidité sur le corps d'une fille, l'avait dissuadée de répéter l'expérience.

Une autre fois, elle était de nouveau tombée amoureuse. Et là encore, son père avait refusé de recevoir l'élu. Ils se voyaient donc à l'université, pendant la journée. Un jour, alors que le garçon l'avait invitée à le suivre dans sa chambre à l'heure du déjeuner, elle avait dû se débattre avant de s'enfuir quand elle avait compris ce qu'il attendait d'elle. Son nouvel amour s'était vite consolé avec une fille moins farouche.

Néanmoins, sa rencontre avec Raul Zaforteza avait été d'un tout autre ordre. En sa présence, son corps semblait échapper à tout contrôle. Elle éprouvait des sensations inconnues, puissantes, qui la bouleversaient.

✷✷

Polly ne trouvait pas le sommeil. Alarmée par son état d'anxiété, une infirmière lui apporta une tisane, puis se retira en lui souhaitant une bonne nuit du seuil de la porte qu'elle laissait toujours entrouverte. Polly ferma les yeux et se mit à respirer calmement, en attendant que le sommeil la gagne. Quand elle sentit que la porte s'ouvrait de nouveau, elle s'apprêta à adresser un sourire rassurant à l'infirmière de nuit. Mais son expression se figea lorsqu'elle reconnut la haute silhouette de Raul Zaforteza. Que venait-il faire dans sa chambre, à cette heure plus qu'avancée ?

— Comment êtes-vous entré ? protesta-t-elle, effarée.

Raul referma sans un bruit la porte derrière lui. Vêtu d'un costume de soirée, d'une chemise blanche et d'un nœud papillon, il était d'une élégance rare.

— J'ai parlementé avec le gardien, puis séduit la sœur en faction à votre étage pour qu'elle me laisse venir jusqu'ici.

S'approchant du lit, il déposa sur la table de chevet une coupelle de carton contenant de la glace.

— De la glace à la menthe, dit-il à voix basse. Je viens de me rappeler que c'était votre préférée, et j'ai eu l'idée de vous en apporter. C'est mon cadeau pour faire la paix.

Il lui adressa un large sourire et le cœur de Polly s'affola. Une onde de chaleur la submergea tout entière, mettant le feu à ses joues. Raul prit la cuillère sur le plateau à tisane et la lui tendit.

— Dégustez-la avant qu'elle ne fonde ! lui conseilla-t-il en prenant place sur le bord du lit.

Seigneur ! S'étant souvenu du parfum de sa glace préférée, il la lui apportait, au milieu de la nuit, alors qu'il sortait visiblement d'une soirée. Cet homme serait toujours une énigme pour elle. D'une main tremblante, Polly prit une cuillerée de la crème onctueuse.

— Henry Grey a menti, avoua-t-elle sans plus réfléchir. Nous ne sommes pas fiancés et je n'ai nullement l'intention de l'épouser.

Le visage de Raul Zaforteza exprima un intense soulagement. Il lui sourit.

— Vous méritez beaucoup mieux, *cielita*...

Polly éprouva cependant le besoin de défendre celui qui avait proposé de l'épouser.

— Henry est honnête. Il ne m'a jamais laissée penser qu'il était amoureux de moi.

— C'est une brute épaisse qui n'a aucun goût.

Le ton de Raul n'admettait pas de réplique :

Comme le silence s'installait, insupportable pour ses nerfs, Polly décida de reprendre l'initiative.

— Pourquoi avez-vous loué les services d'une mère porteuse ?

Raul se raidit.

— Pour avoir un enfant pendant que j'étais encore assez jeune pour jouer avec lui. Est-ce un crime ?

— Certainement pas ! Mais, pourquoi une mère porteuse ?

— Disons que... c'était un moyen de conserver ma liberté !

Polly laissa échapper un profond soupir.

— Je vois... Pour ma part, jamais je n'aurais dû accepter ! Je n'étais pas de taille à affronter pareille épreuve.

— Je n'aurais pas dû vous choisir. Le psychologue m'avait prévenu.

— Le psychologue !

— Celui dont je m'étais attaché les services lors de la sélection. « Trop émotive, trop idéaliste », telle fut son analyse. Il avait pressenti que vous séparer de votre bébé serait pour vous une épreuve difficile.

— Mais alors... pourquoi m'avoir choisie ?

Raul haussa les épaules et fit des bras un geste d'impuissance.

— Vous me plaisiez. Je n'aurais pas pu avoir un bébé avec une femme qui ne me plaisait pas.

Sidérée, Polly ne trouva rien à répondre.

Raul esquissa un sourire.

— Dans ma vie, je n'ai jamais écouté que mon instinct et je m'en suis toujours bien porté. Dans cette affaire je vous voulais, vous, et pas une autre. C'est ainsi que, pour me donner satisfaction, un jeune clerc a été amené à vous mentir. Il n'a avoué sa démarche à son patron qu'après la signature du contrat. Alors qu'il espérait une promotion, il a été licencié.

— Mais c'est affreux!

— Je l'ignorais lorsque vous m'en avez parlé. Mon homme de loi n'avait pas jugé bon de m'en informer. Il n'imaginait pas que nous serions amenés à le découvrir un jour.

Polly poussa un soupir navré, puis recommença à savourer chaque cuillerée de sa glace. Les secondes s'égrenaient et Raul ne la quittait pas des yeux. Il semblait fasciné par le spectacle de sa délectation gourmande. Autour d'eux, tout était calme et paisible, comme si le monde entier avait retenu sa respiration pour ne pas troubler cet instant magique. Soudain, comme pour rappeler son existence, le bébé donna un violent coup de pied. Polly délaissa sa glace.

— Que se passe-t-il? demanda aussitôt Raul, inquiet.

— C'est... c'est le bébé. Il est toujours plus agité la nuit.

Elle lut une intense prière dans son regard et prit instantanément une décision qui la surprit elle-même. Elle repoussa le drap qui la recouvrait. Raul s'approcha et posa une main sur son ventre rebondi, à travers le coton de sa chemise de nuit. Le bébé bougea de nouveau. Le visage de Raul refléta tout d'abord une intense surprise, puis un tendre sourire illumina ses traits.

— C'est... terriblement émouvant! balbutia-t-il. Savez-vous s'il s'agit d'une fille ou d'un garçon?

— Le Dr Bevan le sait, mais pour ma part, je préfère la surprise.

L'émotion de Raul était bouleversante. Jamais ils n'avaient été aussi parfaitement en symbiose qu'en cet

41

instant. Il retira sa main et remonta le drap pour la recouvrir. Il tremblait. Elle-même avait du mal à respirer. Il était si proche ! Elle percevait sa présence jusque dans les moindres fibres de son corps. Elle adressa une prière au ciel pour qu'il ne s'aperçût pas de son trouble.

— Vous pouvez être si... adorable, murmura-t-il dans un souffle.

Polly fixait, fascinée, la bouche de Raul à quelques centimètres de la sienne. Pour la millième fois depuis qu'elle le connaissait, elle se demandait quel goût pouvaient avoir ses lèvres. Effrayée par cette pensée, elle détourna son regard et rencontra les prunelles sombres, brûlantes d'un feu qui l'embrasa tout entière.

— Et si terriblement tentante...

Comme si cela était la chose la plus naturelle du monde, il se pencha et posa ses lèvres sur les siennes. Elle aurait dû le repousser mais n'en fit rien. A peine leurs lèvres s'étaient-elles touchées que ses défenses s'étaient mises à fondre comme neige au soleil. Dans un geste instinctif, elle entrouvrit les lèvres afin qu'il pût venir plus profondément dans sa bouche. Poussant un gémissement, Raul enfouit ses mains dans ses cheveux et l'attira vers lui.

Elle se consumait littéralement de désir. Des laves incandescentes coulaient dans ses veines. Elle n'était plus qu'un volcan qui s'éveillait d'un long sommeil. Tout son être vibrait, quémandant des caresses. Elle fut à peine consciente de la sonnerie qui retentit tout près de son oreille. Poussant un juron en espagnol, Raul la libéra de son étreinte. Il enfouit une main dans la poche de sa veste et en ressortit un portable. Avant qu'il ne le colle contre son oreille, Polly capta quelques mots lancés d'une voix aiguë par une femme qui semblait en colère.

— *Dios*... j'arrive tout de suite ! répondit Raul.

Coupant aussitôt la communication, il remit l'appareil dans sa poche.

— Je suis désolé, Polly. Quelqu'un m'attend dans la voiture.

D'une main nerveuse, il remit un peu d'ordre dans ses cheveux.

— Bonne nuit ! lança-t-il avant de quitter la pièce. Je reviendrai bientôt !

La porte s'était à peine refermée que Polly se précipitait à la fenêtre. Sa chambre donnait sur l'entrée principale. Elle écarta les rideaux et vit la limousine... ainsi que la blonde somptueuse qui, dans une robe rouge qui la moulait comme un gant, faisait les cent pas sur le trottoir. A l'approche de Raul, la femme s'arrêta de marcher pour prendre une pose nonchalante, appuyée contre la carrosserie, tel un top model devant un photographe. Décidément, la suffisance de ce Raul Zaforteza dépassait les bornes ! Comment avait-il osé l'embrasser alors qu'une femme l'attendait ? Hélas, il n'était pas le seul coupable. Elle avait répondu à son baiser sans la moindre retenue.

Terriblement humiliée, Polly regagna son lit. Elle se sentait des envies de meurtre. Se laisser acheter avec une glace à la menthe, quelle indignité ! Non. Ce qui s'était passé était beaucoup plus subtil. Il avait suffi que Raul pose la main sur son ventre, qu'il manifeste son émotion pour qu'elle tombe dans le piège. Elle était d'une vulnérabilité pitoyable ! Mais comment aurait-il pu en être autrement ? C'était le premier moment de vraie complicité qu'ils partageaient à propos du bébé. De *leur* bébé. Raul était parti précipitamment, terriblement gêné. Il ne laisserait jamais une telle chose se reproduire, elle pouvait en être certaine !

Pendant des semaines entières, Polly avait rêvé d'un baiser de Raul. Mais celui qu'ils venaient d'échanger dépassait en intensité les plus fous de ses rêves. Sans que jamais il ne la touche, lorsqu'ils étaient dans le Vermont, la seule présence de cet homme agissait sur elle comme une drogue. Il lui était alors aussi nécessaire que l'air qu'elle respirait. Mais, aujourd'hui, elle se méprisait pour avoir répondu à son baiser comme elle l'avait fait. Se laisser aller ainsi dans les bras de quelqu'un qui ne l'aimait pas était indigne d'elle.

Du jour où elle avait compris de quelle manipulation elle avait été l'objet, Polly n'avait plus éprouvé pour Raul Zaforteza qu'une haine viscérale. Mais ce soir, la complexité de leurs rapports la plongeait dans le désarroi. Sur quelles bases instaurer leur relation? Ils n'avaient jamais fait l'amour et pourtant elle portait son enfant. Existait-il un manuel qui explique quelle conduite adopter dans une telle situation?

Un magnifique bouquet de roses lui parvint le lendemain matin. Polly pria une infirmière d'en orner la chambre d'une autre malade. Elle ne tenait pas à avoir dans la sienne le moindre objet qui lui rappelât celui qui lui faisait vivre un enfer.

Raul téléphona au milieu de l'après-midi.

— Comment vous sentez-vous?

— Submergée! Mon agenda est tellement plein que je me demande comment je vais pouvoir m'organiser. Suis-je vraiment obligée de rester ici à ne rien faire?

— Ce sont les ordres de Rodney. Je dois quant à moi partir en voyage pour toute la semaine. J'aimerais vous laisser un numéro de téléphone afin que vous puissiez me joindre à toute heure si besoin était.

— Vous joindre? Je n'en vois pas la nécessité. Je suis entourée de toutes les compétences médicales nécessaires.

— Comme vous voulez. C'est moi qui vous appellerai, dans ce cas.

— Pourquoi? Je ne suis qu'un incubateur humain. Cela ne nous oblige pas à entretenir des relations suivies.

Il y eut un bref silence au bout du fil, puis Raul répliqua:

— Je vous verrai à mon retour! avant de raccrocher d'un coup sec.

Polly resta de longues minutes sans pouvoir reposer le combiné. Des larmes perlaient au bord de ses cils. « Cela n'a rien à voir avec Raul », se répéta-t-elle comme pour s'en persuader. A la veille d'accoucher, les femmes traversaient souvent des périodes dépressives, c'était bien connu.

Une semaine passa. Le temps parut long à Polly. Un matin, alors que, en face du miroir de la salle de bains, elle se brossait les cheveux, on frappa à la porte.

— Entrez ! dit-elle, pensant qu'on lui apportait le petit déjeuner.

La porte s'ouvrit et Raul parut, plus élégant et séduisant que jamais. Elle dut se faire violence pour ne pas se précipiter à sa rencontre. Il s'avança vers elle, lui prit la brosse des mains et finit de la coiffer.

— Je vous dois des excuses pour la façon dont je me suis conduit lors de ma dernière visite, murmura-t-il.

Polly se raidit.

— Vous... vous n'avez pas à vous excuser, balbutia-t-elle. Ce n'était qu'un baiser, une chose sans importance.

— *Bueno*. Vous n'avez donc aucune raison de refuser mon invitation à déjeuner.

Polly, qui aurait payé une fortune pour sortir de cet endroit confiné, répondit d'un ton léger :

— J'accepte avec plaisir !

A la sortie de la clinique, ils se heurtèrent à Janice Grey.

— Oh... peut-être veniez-vous me rendre visite ? demanda Polly. Je suis désolée, mais je déjeune dehors.

— Vous déjeunez dehors ! répéta Janice, outrée. Mais je croyais que votre état nécessitait un repos complet.

— Je suis personnellement chargé de veiller à ce que la future maman ne se fatigue pas, madame Grey, expliqua Raul avec son sourire le plus charmeur. Je suis heureux que l'occasion me soit enfin donnée de vous remercier de l'aide que vous lui avez apportée durant ces dernières semaines.

Janice adressa à Polly un regard courroucé.

— Henry m'a annoncé que vous ne reviendriez plus chez nous. Dois-je en conclure que vous avez trouvé quelqu'un d'autre pour vous épouser ?

Polly rougit jusqu'à la racine de ses cheveux et ne sut que répondre.

Une fois encore, Raul s'interposa :

— Polly ne manquera pas de vous tenir informée des événements à venir, madame Grey.

Puis, saisissant le bras de la jeune femme, il l'entraîna à sa suite jusqu'à sa limousine.

— De quoi se mêle cette mégère ? s'insurgea-t-il en prenant place à son côté. Je suis heureux que vous ne l'ayez pas informée du contrat qui nous lie.

— Je crains que son intérêt pour moi ne soit dû qu'à l'appât du gain, soupira Polly. Mon futur héritage et les clauses du testament, qu'elle connaissait bien avant moi, ont certainement joué un grand rôle dans la chaleur de son accueil. Son fils ne pouvait espérer meilleur parti. Que je porte l'enfant d'un autre n'était à leurs yeux qu'un détail sans importance.

— Vous êtes beaucoup trop jeune pour vous marier, *gatita* !

Cette exclamation avait dans sa bouche l'allure d'une évidence. Pourtant, il ne l'avait pas trouvée trop jeune pour porter son enfant ! Une fois de plus, Raul Zaforteza n'était pas à une contradiction près en ce qui la concernait. Un coup d'œil à l'expression de son visage fit comprendre à Polly que cette invitation à déjeuner ne venait pas au hasard. Raul avait projeté de lui parler de l'avenir.

— Avez-vous l'intention de me poursuivre en justice ? lui demanda-t-elle tout de go.

Il lui lança un regard étonné.

— Et que gagnerais-je en faisant cela ? Aussi inadmissible que cela puisse paraître, il semble que la loi de ce pays ne me reconnaisse aucun droit sur l'enfant que vous allez mettre au monde.

46

Un intense soulagement submergea Polly.

— Mais... le contrat. Je l'ai signé, et...

— Oubliez tout cela ! Jamais je ne porterai une affaire aussi intime devant les tribunaux. Je ne crois pas que ce problème doive se régler par la force.

Quels moyens comptait-il donc employer ? La persuasion ? Jamais Polly ne se laisserait convaincre de se séparer de son enfant. Dans le même temps, elle devait admettre que ce bébé qui grandissait en elle ne pouvait lui appartenir à elle seule. Raul en était le père. Ils allaient donc devoir trouver un compromis. Mais sur quelles bases ? Raul avait désiré avoir un enfant en évitant soigneusement toute implication sentimentale avec la mère. Il n'avait pas hésité à payer très cher pour cela.

C'est vers son luxueux appartement de Mayfair que Raul Zaforteza la conduisit. Un repas léger, mais néanmoins délicieux, leur fut servi par un maître d'hôtel discret et compétent. Pendant la première partie du déjeuner, Raul raconta son voyage d'affaires à Paris et Polly ne s'ennuya pas une seconde. Mais elle ne put s'empêcher de penser qu'elle ignorait tout de lui. Durant ses nombreuses visites dans le Vermont, il avait réussi le tour de force de la faire parler d'elle sans jamais parler de lui. Elle savait seulement qu'il était né au Vénézuela, voyageait beaucoup pour ses affaires, et que ce qui lui restait de famille se comptait sur les doigts d'une main.

— A quoi pensez-vous ? lui demanda-t-il soudain. Vous avez l'air si lointain...

Elle se passa une main sur le front.

— Peut-être suis-je un peu fatiguée, c'est tout.

Raul se leva aussitôt et repoussa sa chaise.

— Vous devriez aller vous allonger ! Je vais mettre une chambre à votre disposition.

— Certainement pas ! Nous avons à parler, à trouver une solution...

Sans un mot, Raul l'aida à quitter la table pour un fauteuil plus confortable. Puis le majordome vint leur servir le café. Raul semblait nerveux. Il alla se poster devant une fenêtre.

— Pour vous, je suis un monstre, n'est-ce pas ? demanda-t-il en gardant le dos tourné.

Polly crispa les doigts autour de sa tasse.

— Non, pas du tout. Vous avez au contraire fait montre d'une grande patience à mon égard, je dois le reconnaître.

Il se retourna vers elle.

— Je pense avoir trouvé une solution convenable à cette situation impossible. Je vous demande de bien vouloir m'écouter.

Polly se raidit dans son fauteuil et posa les mains sur ses genoux.

— L'enfant que vous portez nous lie, que nous le voulions ou non, poursuivit Raul. Cependant, vous et moi sommes rentrés dans cette affaire de manière fort différente. Je voulais cet enfant avec le projet de l'élever, ce qui n'est pas votre cas. Accepter d'être une mère porteuse, c'est accepter de n'être mère que pendant le temps de la grossesse. Elever un enfant n'est pas un jeu mais une lourde responsabilité. Vous êtes bien trop jeune pour l'exercer seule, et perdre ainsi votre liberté.

— Comment perdrais-je ce que je n'ai jamais eu ?

— Cette liberté que vous n'avez pas eue, je vous la propose aujourd'hui. Vous pourrez retourner à l'université, reprendre vos études. Laissez-moi emmener mon enfant au Vénézuela et je vous autoriserai à lui rendre visite aussi souvent que vous le voudrez. Je vous ferai établir un billet d'avion pour chaque voyage. Je vous enverrai des photographies. Mon enfant saura que vous êtes sa mère... Je suis prêt à vous accorder tout ce que vous voudrez à condition que cela reste raisonnable.

Pour un homme comme Raul Zaforteza, qui depuis longtemps avait exclu le mot *compromis* de son vocabulaire, il s'agissait là d'une offre extrêmement généreuse, Polly en avait conscience. Mais cette proposition était loin d'avoir son adhésion.

— Un enfant a besoin de la présence de ses deux parents à ses côtés.

— Dans son cas, c'est impossible !

— J'ai été élevée par mon père, et ma mère m'a manqué plus que je ne pourrai jamais le dire.

— L'enfant peut être un garçon.

— Cela ne fait aucune différence. L'absence d'un des deux parents est vécue comme un traumatisme par les enfants. Rien ne me fera abandonner le mien. Je veux être à ses côtés. Je veux être pour lui la meilleure mère qui soit. J'aurais dû penser à tout cela avant de signer ce maudit contrat, j'en suis consciente. Mes seules excuses sont d'avoir cru que mon bébé était désiré par un couple, et ma totale inexpérience. Comment aurais-je pu savoir ce que l'on ressent lorsque l'on attend un enfant ?

Raul la fixait d'un regard si intense qu'elle se sentait comme transpercée, mise à nu. Il semblait vouloir lire jusqu'au plus profond de son âme.

— Si ce que vous dites est vrai, si votre intention est vraiment d'être la meilleure mère qui soit pour cet enfant, alors venez vivre au Vénézuela.

— Au Vénézuela ! répéta Polly, décontenancée.

— Je vous installerai dans une maison, là-bas. Vous aurez tout le confort nécessaire et le bébé sera à vos côtés.

— Mais je ne peux...

— *Por Dios*... si cet enfant a besoin de sa mère, il a aussi besoin de son père, reconnaissez-le ! Un jour, il héritera de tout ce que je possède.

— L'argent n'est pas tout...

— Peut-être, mais je vous parle d'un train de vie que vous n'imaginez même pas. Vouloir priver cet enfant de ses racines, de sa langue et de sa culture, serait un crime. Quelle autre solution me proposez-vous ? Des visites sporadiques en Angleterre, qui rendraient impossible toute construction de liens solides avec lui ?

Polly essaya d'imaginer ce que serait sa vie au Vénézuela. Raul signerait des chèques, payerait ses factures, ferait constamment intrusion dans sa vie, une blonde suspendue à son bras. Et un jour, il lui présenterait sa femme. Car quelles que soient ses réticences actuelles, Polly ne doutait pas que Raul finirait par succomber à l'attrait du mariage. Que deviendrait-elle alors ? Leur environnement ne manquerait pas de la considérer comme une ancienne maîtresse répudiée. Jamais elle ne pourrait supporter une situation aussi infamante !

— L'Angleterre est mon pays et il n'est pas question que je le quitte. En tout cas, pas dans ces conditions. Que vous vouliez vous impliquer dans l'avenir de votre enfant est bien normal, mais il se trouve que cet avenir est aussi le mien. Un jour, vous voudrez peut-être d'autres enfants et vous vous marierez...

— Plutôt mourir !

— Libre à vous. Il se trouve que je n'éprouve pas votre aversion pour cette noble institution. Je ne désespère pas de rencontrer, un jour, un homme que j'aime et qui veuille m'épouser.

— Mais il s'agit là d'un odieux chantage ! Aucun autre homme que moi ne doit s'impliquer dans l'éducation de mon enfant !

Polly sentit la révolte gronder en elle. Que signifiait ce dernier dictat ? Qu'elle devrait désormais vivre telle une nonne, seule et sans amour ?

Elle se leva de son fauteuil et se planta devant Raul.

— Vous avez l'habitude de tout organiser selon votre volonté, n'est-ce pas ? Vous avez le monde à vos pieds. Mais je ne vous autoriserai pas à organiser ma vie. Ce n'est pas parce que vous avez loué mon ventre que je vous appartiens pour autant. Désolée, mais je ne vous laisserai pas disposer de moi selon votre bon vouloir.

Il la gratifia d'un sourire plein d'ironie.

— Dois-je comprendre que vous avez l'intention de mener désormais une vie dissolue ?

— Ce n'est pas ce que j'ai voulu dire et vous le savez.

— N'aimeriez-vous pas que je partage votre lit, *querida* ?

Polly faillit s'étrangler de rage.

— Certainement pas ! Je...

— Ne vous dérobez pas et regardez la réalité en face. Il existe une forte attirance sexuelle entre nous depuis notre première rencontre. Je ne me suis pas autorisé à en profiter, car vous êtes bien trop fragile et vulnérable.

Elle le haïssait de tout son être ! Il venait de l'humilier comme jamais encore personne ne l'avait fait. Une lueur meurtrière au fond des yeux, elle affronta son regard sans ciller.

— Sachez que je n'ai rien à voir avec le type de femme qui tombe généralement dans vos bras. J'ai un trop grand respect de moi-même pour...

— Je sais tout cela, *gatita*. C'est la raison pour laquelle, dans le Vermont, j'ai tenu à garder mes distances.

Ainsi, il avait su, dès le départ, qu'elle était attirée vers lui. Elle dut faire un terrible effort sur elle-même pour ne pas labourer son beau visage de ses ongles. Mais peut-être pouvait-elle obtenir une autre sorte de vengeance. Se redressant de toute la hauteur de sa petite taille, elle lança :

— Alors, vous n'aurez aucun mal à comprendre que la seule solution pour me faire venir au Vénézuela, la seule façon de garder la pleine et entière responsabilité de l'éducation de votre enfant est... de m'épouser !

Le silence qui suivit fut si profond, si palpable, que Polly retint sa respiration. Raul semblait s'être transformé en un bloc de marbre.

— Vous... vous ne pensez pas vraiment ce que vous dites, finit-il par articuler.

— Non seulement je le pense mais je suis prête à le répéter afin que vous l'entendiez bien : soit je reste dans mon pays et je vis ma vie comme je l'entends, soit je vous suis dans le vôtre mais vous m'épousez.

— Vous plaisantez !

— Jamais je n'ai été aussi sérieuse ! Pourquoi serais-je la seule à me sacrifier ? Parce que je n'ai ni votre richesse, ni votre pouvoir ? En temps que future mère de votre enfant, je pense avoir droit, moi aussi, à une vie personnelle décente. Serait-ce trop demander ?

Raul réagit comme à la morsure d'un serpent. Son visage se crispa et un muscle frémit à chaque coin de ses lèvres serrées. Plus effrayant encore, pour la toute première fois, Polly lut de la haine au fond de son regard. Elle en fut si bouleversée qu'elle recula vers le fond de la pièce.

— Je vous ramène à la clinique, conclut-il d'une voix qui lui glaça les sangs. Poursuivre cette conversation ne présente plus aucun intérêt.

4.

Deux jours plus tard, Polly était toujours sous le choc du dramatique déjeuner avec Raul lorsque la lecture d'un article de magazine lui rendit enfin le sourire. Son amie d'enfance, Maxie Kendall, venait d'épouser un talentueux architecte du nom d'Angelos Petronides, annonçait l'article en question. Polly examina avec grand intérêt les photos du couple.

Sa dernière rencontre avec Maxie datait de la lecture du testament de Nancy Leeward. En fait, cette dernière avait eu trois filleules : Polly, Maxie, et Darcy. Dans leur enfance, toutes trois avaient été très liées, mais la vie les avait ensuite séparées. Maxie était devenue un top model célèbre à la vie amoureuse compliquée, et Darcy, mère célibataire, ne quittait plus guère sa maison de Cornouailles.

— Elle est vraiment superbe ! dit une infirmière qui, en passant, avait jeté un coup d'œil par-dessus son épaule. Comme j'aimerais lui ressembler !

Polly ne put s'empêcher de sourire. Maxie représentait en effet le modèle de femme auquel toutes les autres rêvaient de s'identifier : grande, blonde et superbement proportionnée. Bien bâtie elle aussi, mais désespérément petite, et toute brune, Polly était fort différente des conquêtes qu'affichait à son bras Raul Zaforteza. Comment avait-elle pu espérer lui plaire un jour ?

Elle esquissa une grimace et referma le magazine.

Pourquoi fallait-il que ses pensées reviennent sans cesse vers ce monstre ? Elle ne l'avait pas revu depuis ce terrible déjeuner à Mayfair. Et pour cause. Ne lui avait-elle pas assené la seule option capable de le faire fuir et de l'éloigner d'elle à tout jamais ?

Raul reparut sans crier gare, en milieu de soirée, alors que Polly visionnait le film *Pretty Woman*, confortablement installée sur le sofa. Il pénétra dans la pièce au moment même où Julia Roberts tendait vers Richard Gere un assortiment de préservatifs de couleurs. Lançant un regard vers l'écran, il eut un sourire sarcastique.

— Une prostituée héroïne d'un conte de fées, le monde n'est plus ce qu'il était !

Dans sa précipitation à trouver la télécommande, Polly faillit tomber du sofa. Les joues en feu, elle affronta le regard de Raul. Jamais il n'avait été aussi froid, aussi distant. Les yeux noirs se posèrent sur elle, aussi chaleureux qu'un iceberg.

— J'ai obtenu une licence spéciale, annonça-t-il. Nous nous marions dans quarante-huit heures.

Polly retomba sans forces sur le sofa. Les yeux agrandis par la stupéfaction, elle balbutia :

— Vous... vous ne parlez pas sérieusement... !

— C'est l'unique option que vous m'ayez laissée ! répondit-il d'une voix sèche.

— Pour l'amour du ciel, Raul, je... je ne pensais pas que...

— Auriez-vous changé d'avis ? Seriez-vous prête à me céder mon enfant ?

— Non !

— Seriez-vous prête à me suivre au Vénézuela à mes conditions ?

— Non !

— Alors, pourquoi me faire perdre mon temps ? Nous nous marierons dans quarante-huit heures, un point c'est tout. C'est exactement ce que vous vouliez, non ?

— Euh, je...

— Et surtout, ne me dites pas que vous ne voulez pas de moi !

Les joues rouges d'indignation encore plus que de honte, Polly ouvrit la bouche, mais aucun son n'en sortit.

Raul reprit, une froide ironie au fond de la voix :

— Vous feriez bien de ne pas tenter d'argumenter sur ce point car je suis prêt à vous prouver le contraire.

— Cela suffit ! s'écria-t-elle, effrayée par ce qu'il pourrait l'amener à reconnaître. Lorsque j'ai fait allusion au mariage, c'était pour...

— Pour m'imposer un sacrifice, je sais. Eh bien, sachez que je me suis habitué à cette idée. Nous ferons un mariage de convenances dans l'intérêt du petit être innocent qui va naître. Vous pouvez être satisfaite car vous m'avez convaincu sur un point : pour son équilibre, il est bon qu'un enfant soit élevé à la fois par son père et sa mère.

— Et que va-t-il se passer... pour nous ?

— L'enfant sera le lien qui justifie notre association. Son intérêt devra guider nos actes. Il n'a pas demandé à venir au monde. A aucun moment il ne devra souffrir de notre inconséquence.

— Je... j'espérais épouser un homme que j'aime et qui m'aime.

— Pour ma part, je n'avais l'intention d'épouser personne. Jamais !

— Je dois réfléchir...

— Il est trop tard pour cela !

Polly luttait contre l'envie de reconduire Raul sans ménagement jusqu'à la porte lorsqu'un brusque sentiment de bonheur la submergea : elle allait l'épouser ! Qui pouvait dire comment les choses évolueraient ? Avec le temps, et avec l'aide de l'enfant qui allait naître, peut-être parviendraient-ils à construire une relation satisfaisante ? Elle ne pouvait laisser passer cette chance.

— C'est d'accord, murmura-t-elle dans un souffle.

— *Muy bien !*

Il consulta sa montre.

— Je suis désolé, mais je ne puis rester plus long-temps. J'ai un rendez-vous.

— Raul...

La main sur la poignée de la porte, il se retourna. Polly déglutit avec difficulté.

— Vous... vous pourrez vivre avec tout ce qu'implique cette option ?

Le sourire dont il la gratifia la prit au dépourvu.

— Moi, sans problème ! Mais vous, serez-vous aussi... adaptable ?

Deux jours plus tard, vêtue d'une simple robe de coton blanc, Polly attendait dans sa chambre l'arrivée de Raul, pour la cérémonie du mariage. Rodney Bevan avait sug-géré qu'elle se tînt dans le jardin, mais Raul avait éner-giquement refusé. Elle serait menée tambour battant et sans témoins, excepté les deux qui étaient nécessaires à la signature de l'acte. Pas de fleurs, pas d'invités. Il s'agis-sait seulement d'une formalité dont il souhaitait être débarrassé le plus rapidement possible. Comment avait-elle pu être assez folle pour lui imposer cette solution ?

Polly n'avait pas fermé l'œil de la nuit, se tournant et se retournant dans son lit. Ce matin, elle s'était levée avec une douleur sourde installée dans le bas de ses reins, et qui ne la quittait plus. Elle s'apprêtait à vivre le pire des mariages qu'une femme puisse rêver, persuadée d'être en train de commettre la plus grosse bêtise de sa vie. Elle refoula courageusement ses larmes.

Raul parut dans l'embrasure de la porte.

— *Dios*... allons-y et finissons-en au plus vite !

Il s'avança vers elle et lui saisit la main pour l'aider à se lever du sofa. Trente secondes plus tard, Rodney Bevan paraissait à son tour, accompagné de l'officier chargé d'enregistrer l'acte de mariage et d'un autre homme qui lui fut présenté comme étant Digby Carson, l'homme de loi de Raul. La cérémonie fut expédiée en quelques minutes. Puis tout le monde se serra la main. Tous avaient le sourire, sauf Raul.

Au mileu d'une conversation, Polly ressentit la première contraction. Elle poussa un gémissement et porta les mains à son ventre.

— Que se passe-t-il? demanda aussitôt Raul.

— Nous allons devoir nous passer du café et des gâteaux, je le crains, dit Rodney en reconduisant l'officier et Digby Carson vers la porte.

Raul souleva précautionneusement Polly dans ses bras et la déposa sur le lit. Il n'était plus que sollicitude.

— Le bébé n'était pas attendu avant dix jours. Es-tu certain que le moment est venu?

— Les bébés ont leur propre calendrier, Raul, répliqua Rodney. On peut dire que celui-ci a le sens du timing.

— Je reste avec vous, Polly! annonça Raul.

— Non! s'écria cette dernière.

Elle secouait sa tête en tous sens, les larmes au bord des yeux. Comment aurait-elle pu partager un moment aussi intime avec un homme dont elle n'avait même pas partagé le lit? Rodney échangea quelques mots en espagnol avec son ami qui sortit de la pièce.

— Il est furieux? demanda Polly, en proie à un curieux sentiment de regret.

— Non, blessé! rétorqua Rodney en lui tapotant la main d'un geste apaisant. Pour un homme qui s'évanouit à la vue de la moindre goutte de sang, son offre était des plus chevaleresques, pourtant.

Encore à moitié endormie, Polly posa les yeux sur son bébé et tomba éperdument amoureuse pour la deuxième fois de son existence. Il était magnifique. Le cordon avait été coupé mais il lui semblait qu'un fil les reliait toujours, et pour la vie. Il paraissait minuscule. Pourtant, la sage-femme l'avait complimentée : c'était un beau bébé de trois kilos et demi, plein de vie et de santé.

Pendant qu'on déposait l'enfant dans le berceau, Raul entra dans la pièce, suivi de Rodney Bevan. Les effets de l'anesthésie n'étaient pas encore tout à fait dissipés mais Polly remarqua immédiatement la fatigue de Raul. Les traits de son visage étaient tirés et des ombres bleuâtres soulignaient ses yeux.

— Quelque chose ne va pas? demanda-t-elle avec inquiétude.

Raul lança un regard vers son fils endormi et se passa une main tremblante dans les cheveux.

— Il est superbe, lança-t-il avec une fierté non dissimulée. Mais totalement inconscient du danger qu'il vous a fait courir!

Comme Polly ne paraissait pas comprendre, Rodney expliqua :

— Raul assimile une césarienne à une expérience aux frontières de la mort.

Il fit un signe discret à la sage-femme et tous deux quittèrent la pièce. Les couleurs revenaient peu à peu sur les joues de Raul. Il scrutait le visage de Polly, les sourcils froncés. Il finit par lui prendre la main et la serra très fort dans la sienne.

— Je... j'ignorais que vous auriez à subir une opération, avoua-t-il d'une voix blanche.

Polly haussa les épaules.

— Les césariennes se pratiquent couramment, de nos jours.

— Vous êtes si menue, murmura-t-il. Jamais je n'aurais dû...

— C'est un peu tard pour y penser, vous ne croyez pas?

— Mon fils est une pure merveille!

— *Notre* fils! rectifia-t-elle.

— Nous avons au moins réussi quelque chose. Nous l'appellerons Rodrigo!

Polly fit la grimace.

— Jorge, alors!

Elle secoua la tête.

— Emilio !

Elle soupira.

— Luis !

Elle sourit.

— Alors ce sera Luis. Luis Zaforteza, répéta Raul, songeur.

Un sourire attendri aux lèvres, Polly se rendormit.

Lançant un regard circulaire sur les murs de la chambre, Polly laissa échapper un soupir de contentement : demain, elle quittait la clinique ! Il était temps. Elle n'aurait pas supporté un autre jour de confinement. Certes, la pensée qu'elle aurait à passer deux jours complets dans l'appartement de Raul avant de s'envoler pour le Vénézuela ne lui souriait guère, mais il fallait en passer par là.

S'enveloppant dans un riche châle de soie d'un rose délicat, elle quitta la chambre pour la nursery. Chaque après-midi, le petit Luis y passait quelques heures afin que sa maman se repose. Aller le retrouver était pour Polly un vrai bonheur.

Juste après la naissance, Raul s'était montré très proche d'elle, très attentionné. Hélas, ces instants n'avaient pas duré. Les jours suivants, il était redevenu froid et distant. L'amour qu'il portait à son fils était indéniable. Mais lorsqu'il venait leur rendre visite, Polly avait l'impression d'être une nourrice payée à prix d'or. En effet, il ne se passait pas un jour sans que Raul lui apporte un cadeau outrageusement coûteux. Etait-ce pour la remercier d'avoir bien fait le travail pour lequel elle avait été recrutée ? Un bracelet de diamants, une demi-douzaine de déshabillés plus coûteux les uns que les autres, une montre Cartier, un solitaire... Raul était riche et, désormais, il était son mari. Il avait donc le droit de lui faire des cadeaux. Néanmoins Polly éprouvait un terrible sentiment de gêne. Cet homme la couvrait de présents somptueux mais se gardait bien de la toucher.

Comme elle tournait le coin du couloir qui menait à la nursery, elle aperçut Raul en train d'observer le bébé à travers la vitre, en compagnie de son homme de loi. Elle se dissimula derrière l'angle du mur.

— Comment vis-tu les derniers... disons... développements de cette affaire, Raul ? demanda Digby Carson.

— Je suis follement heureux, Digby.

— Tu es sérieux ?

— Bien sûr ! Je suis follement heureux d'être père. Et je trouve que ma charmante petite femme est très astucieuse. Elle a surpassé en intelligence toutes celles qui couraient après ma fortune. Elle a utilisé l'enfant pour m'obliger à l'épouser, tu comprends ?

Polly s'appuya au mur pour ne pas tomber.

— Mais quoi qu'il arrive désormais, poursuivit Raul, j'ai mon fils et c'est ce qui compte.

Prise d'une violente nausée, Polly n'entendit pas la réponse de Digby. Elle essaya de recouvrer son calme puis, comme les voix semblaient s'éloigner, elle risqua un œil dans le couloir. Il était vide.

Sans plus réfléchir, elle se précipita vers sa chambre. Les paroles de Raul s'étaient enfoncées dans son cœur comme autant de coups de poignard. Il la méprisait, persuadé qu'elle avait obtenu ce qu'elle recherchait : sa fortune ! Et c'est avec cet homme qu'elle s'apprêtait à partager le reste de sa vie. Dans un pays dont elle ne connaissait rien. Il ne pouvait en être question ! Du tiroir de la table de chevet, elle tira son carnet d'adresses et le feuilleta frénétiquement. Elle trouva enfin les coordonnées que Maxie lui avait transmises le jour de la lecture du testament. Liz Blake. « Liz saura toujours où me trouver », avait déclaré Maxie.

Utilisant le téléphone de sa chambre, Polly appela Liz Blake. Dès qu'elle eut décliné son identité, Liz lui communiqua le numéro de téléphone de Maxie. Lorsqu'elle entendit enfin la voix chaleureuse de son amie au bout du fil, Polly éprouva un intense soulagement.

— Maxie, j'ai besoin de ton aide. Il me faut un endroit où me réfugier...

Une heure plus tard, ayant rédigé une note de plusieurs pages à l'intention de Raul et commandé un taxi, Polly quittait la clinique avec Luis dans les bras. La réceptionniste était bien trop occupée à recevoir de nouveaux patients pour remarquer son départ.

5.

D'un geste élégant de sa main manucurée, Maxie ramena en arrière ses magnifiques cheveux blonds et se pencha sur le couffin de Luis.

— Il est si mignon que je pourrais te le voler, dit-elle à Polly qui couvait son fils d'un regard plein de tendresse.

Les deux femmes prenaient le frais sur le toit en terrasse de l'appartement que Maxie avait mis provisoirement à la disposition de Polly. En trois semaines, le petit Luis avait embelli, et sa mère s'y attachait chaque jour davantage. Tenaillée par le remords d'avoir privé Raul de son fils, elle avait déjà envoyé deux lettres contenant des photos du bébé à l'intention de Rodney Bevan, sachant qu'il les ferait suivre.

Ce fabuleux appartement de grand standing sur les toits appartenait au jeune couple Petronides, qui habitait maintenant un appartement encore plus extraordinaire en plein cœur de Londres. Polly en assurait le gardiennage avant qu'il ne soit mis en vente avec les autres appartements de l'immeuble qu'Angelos avait acheté afin de le rénover.

— Comment te sens-tu? demanda Maxie en sirotant le café préparé par son amie.

— Coupable! confessa l'intéressée.

Non seulement coupable, mais malheureuse. Raul hantait ses pensées jour et nuit.

— Tu n'as pas à te sentir coupable! s'indigna Maxie. N'importe qui serait devenu fou en traversant la moitié des épreuves que tu as connues. Tu avais besoin de solitude pour faire le point.

— Je n'arrête pas de faire des bêtises, soupira Polly. Obliger Raul à m'épouser était la pire des folies.

— L'amour nous fait souvent agir d'une façon déraisonnable, reconnut Maxie. Nous avons parfois si mal que nous voulons faire mal à notre tour. De toute façon, la conduite de Raul est loin d'être claire. Pourquoi a-t-il accepté ce mariage s'il y était à ce point hostile ?

Pour Luis, et uniquement pour lui ! Mais Maxie pouvait-elle le comprendre ? Angelos l'avait épousée parce qu'il était fou amoureux d'elle. Cela se voyait sur leurs photos. Mais Maxie était une femme superbe, infiniment plus attractive qu'elle. Angelos ne l'avait pas choisie pour en faire son incubateur privé !

Après la visite de Maxie, Polly évita soigneusement de passer près d'un téléphone. Le temps était venu d'appeler Raul, elle le savait. Comme elle savait désormais ce qu'il leur restait à faire. Mais il lui était douloureux de s'y résoudre. Elle se concentra sur le feu qu'elle s'efforçait d'allumer dans la cheminée du séjour, puis s'accorda un sursis sous la douche de la somptueuse salle de bains qui jouxtait sa chambre, afin de consolider sa décision. Quand, les cheveux encore mouillés, elle enfila un des coûteux déshabillés que lui avait offerts Raul, elle se sentait prête à lui téléphoner. Elle allait s'excuser de l'avoir poussé à prendre une mauvaise décision et lui expliquer que, non consommé, leur mariage pouvait être aisément annulé.

Elle composa le numéro d'une main ferme.

— C'est moi, Polly...

Un silence pesant s'établit à l'autre bout du fil.

— Raul ?

— Je vous écoute. Où êtes-vous ?

— Peu importe. Avant de nous rencontrer, nous devons parler. Avez-vous lu la note que je vous ai laissée ?

— Les trois pages ? Oui, évidemment.

— Ce que vous avez dit à Digby était si blessant...

— D'accord, j'ai eu tort ! Ces mots n'auraient jamais dû être prononcés. Ils ont dépassé ma pensée. Ma seule excuse est que la pression exercée sur moi ce jour-là avait atteint les limites du supportable.

Un immense soulagement submergea Polly. Ainsi, Raul ne pensait pas vraiment ce qu'il avait dit !

— Parlez-moi de mon fils, poursuivit Raul. Comment va-t-il ?

— Quand apprendrez-vous à dire *notre* fils ?

— Ce ne sera pas facile.

— Pourquoi ?

— *Notre* sous-entend des choses comme la complicité, le partage... tout ce dont vous me privez.

Polly serra le combiné avec force.

— Je... je n'ai pas voulu... Je fais amende honorable. Jamais je n'aurais dû vous pousser vers ce mariage que vous ne vouliez pas !

— Mais que vous vouliez tellement ! Vous avez tout fait pour que je vous passe la bague au doigt.

Polly fixa l'anneau d'or posé sur la table basse. Elle l'avait ôté le jour même où elle avait compris qu'il n'était que le symbole d'une farce. Elle reprit :

— Nous ne sommes pas obligés de rester mariés, vous savez. Je reconnais avoir agi sans réfléchir et...

— Cela vous arrive trop souvent, *gatita* ! Et cette conversation m'irrite au plus haut point.

Avant même qu'elle ait eu le temps de réagir, Raul avait raccroché.

Elle resta longtemps sans bouger. Sa tentative de réconciliation se soldait par un échec. Elle n'avait même pas réussi à dire tout ce qu'elle voulait. La voix de Raul résonnait encore à son oreille. Il lui avait semblé étrange. Enervé, bien sûr, mais aussi extrêmement las, inquiet peut-être. Le soir tombait. Si seulement Maxie pouvait lui rendre une petite visite nocturne, comme elle le faisait parfois lorsque Angelos avait un dîner d'affaires! Elle se sentirait alors moins seule et pourrait se confier. Mais il était bientôt l'heure du biberon.

Tel un automate, elle se leva et se dirigea vers la chambre de Luis. Le bébé dormait encore. Elle regagna alors la cuisine, débarrassa la table des restes du dîner, et prépara le biberon du soir. Lorsque la sonnette retentit, elle sursauta puis se détendit. Le ciel avait donc entendu sa prière! Maxie venait la réconforter. Sans même prendre le temps de recouvrir d'un châle son déshabillé vaporeux, elle se précipita vers le hall et pressa le bouton qui commandait l'accès à l'ascenseur privé communiquant directement avec l'appartement. Quelques secondes plus tard, les portes coulissaient lentement, découvrant... Raul Zaforteza!

Polly recula contre le mur, prise de panique.

— *Dios mío*, s'exclama Raul d'un ton rageur, vous faites preuve d'une totale inconscience! A quoi sert que cet immeuble soit doté d'une infrastructure de haute sécurité si vous ne prenez pas la peine de vérifier l'identité de vos visiteurs?

— Je pensais que c'était mon amie Maxie, se défendit Polly d'une voix tremblante.

— J'aurais pu être un voleur ou un violeur! Je parie que vous êtes seule dans l'appartement!

La gorge sèche, Polly acquiesça de la tête. Elle ne pouvait détacher ses yeux de la troublante silhouette qu'elle n'avait pas cru revoir de sitôt. Son cœur cognait dans sa poitrine et son sang battait dans ses veines.

— ... Comment avez-vous su où j'habitais?

— Mon téléphone enregistre le numéro du poste d'où l'on m'appelle. Trouver ensuite l'adresse de mon interlocuteur n'est plus qu'un jeu d'enfant. Angelos Petronides va devoir s'expliquer.

— Angelos...Vous le connaissez?

— Bien entendu. Je savais qu'il possédait cet immeuble. Mais jamais je n'aurais pensé qu'il aurait pu y cacher ma femme et mon fils!

— Il n'est pas coupable. Il ignore ma présence ici. Je ne l'ai même jamais rencontré. Sa femme, Maxie, est mon amie d'enfance. J'ai sollicité son aide et elle m'a conduite jusqu'ici. Ils avaient justement besoin de quelqu'un pour garder l'appartement, mais comme je lui ai demandé d'être discrète, elle n'a pas donné mon nom à Angelos.

Polly prit soudain conscience que Raul ne l'écoutait plus. Son regard avait quitté son visage pour descendre le long de sa gorge, de sa poitrine, de ses hanches, de ses jambes. Le déshabillé qu'elle portait, totalement transparent, révélait plus qu'il ne cachait sa silhouette. Dans le silence chargé d'électricité qui s'ensuivit, elle sentit la pointe de ses seins se dresser et une onde de chaleur monter de ses reins. Instinctivement, elle cacha sa poitrine de ses mains et lança, rageuse :

— Cessez de me regarder ainsi, c'est inconvenant !

Raul rejeta sa tête en arrière et partit d'un grand éclat de rire.

— Alors, je vous en prie, habillez-vous autrement ! Vous êtes passée en quelques semaines d'une forme voluptueusement arrondie à cette silhouette de sylphide terriblement sexy, et vous voudriez que je ne vous regarde pas ? Et puis — j'espère que vous ne l'avez pas oublié — vous êtes ma femme.

— Je vais me changer immédiatement ! répliqua-t-elle, aussi rouge qu'une pivoine.

Il la retint par le bras.

— Cela peut attendre. Conduisez-moi d'abord à mon fils.

Alors qu'elle le guidait le long du couloir, elle lui demanda :

— Vous n'êtes plus en colère contre le mari de Maxie, j'espère ?

Raul haussa les épaules.

— Angelos a droit à toute mon indulgence. Il a été entraîné dans cette histoire à son insu. Comme tous les

Grecs, il possède un sens profond de la famille et de l'honneur. S'il apprenait que son épouse a caché ma femme et mon fils sous son toit alors que je les recherchais, sa colère serait terrible.

— Maxie a simplement voulu m'aider.

— Seule une violence exercée à votre encontre aurait pu justifier que vous ayez besoin d'un refuge et que Mme Petronides vous ouvre ses portes. Personne ne doit se mêler des querelles entre mari et femme.

Après trois semaines passées à se persuader que la seule solution à leur problème était l'annulation de leur mariage, Polly avait du mal à s'entendre appeler sa femme sans sursauter.

— Raul, je... j'avais besoin d'un peu de recul pour analyser la situation.

— Une situation que, dois-je le rappeler, vous avez créée vous-même. Digby est mon ami. Ce que nous nous disons entre hommes n'est souvent que fanfaronnade. Je suis prêt à parier qu'avec Maxie, vous n'avez pas manqué de parler de moi en des termes peu élogieux...

Les joues rouges de Polly la trahirent.

— Vais-je pour autant écrire trois pages au vitriol et disparaître dans la nature, emmenant mon fils avec moi ? Seule une femme peut agir ainsi ! Rodney pense qu'il s'agit d'une sorte de dépression postnatale.

— J'ai eu tort, reconnut Polly, sincèrement contrite.

Ils étaient arrivés devant le berceau de Luis. C'était l'heure du biberon pour le bébé qui le leur fit savoir en poussant un cri perçant. Devançant Polly, Raul se pencha, prit l'enfant dans ses bras et le berça tout en lui parlant d'une voix douce en espagnol. Luis se calma aussitôt. L'espace d'un instant, Polly envia son fils pour sa capacité à déclencher chez Raul un tel trésor de tendresse.

— Je vais chercher son biberon, lança-t-elle en quittant la chambre du bébé.

Elle passa par sa chambre pour y troquer son déshabillé contre une chemise de nuit plus sobre et recouvrir ses épaules d'un immense châle de soie. Puis elle se rendit dans la cuisine. Lorsqu'elle revint auprès de Luis, Raul tenait toujours son enfant dans ses bras. Il libéra la chaise qu'il occupait pour qu'elle pût y prendre place et, déposant précautionneusement l'enfant dans les bras de sa mère, il resta debout à le regarder engloutir le biberon qu'elle lui avait préparé.

— *Dios mío*, quelle voracité ! Je ne m'étonne plus qu'il ait grandi autant !

Polly leva les yeux vers lui.

— Jamais je n'ai eu l'intention d'utiliser Luis pour exercer sur vous un chantage...

— C'est pourtant ce que vous avez fait. Trop souvent, dans les querelles qui opposent mari et femme, l'enfant est utilisé de cette façon. Vous devriez le savoir, vous qui l'avez vécu.

Ainsi Raul se rappelait ce qu'elle avait subi dans son enfance. Polly baissa la tête, confuse.

— Je reconnais mon erreur, mais tout peut encore s'arranger. Nous ne sommes pas obligés de rester mariés.

— Ce n'est pas mon avis !

Polly faillit s'étrangler. Mais peut-être le moment était-il mal choisi pour aborder cette question délicate. Elle suggéra d'une voix tendue :

— Il vaudrait mieux que vous alliez m'attendre dans le salon pendant que je change Luis.

Raul acquiesça et quitta la pièce. Quelques minutes plus tard, Polly reposait l'enfant dans son berceau, repu et bien au sec. Il s'endormit aussitôt.

— Je t'aime, mon petit ange, et jamais je ne t'abandonnerai, murmura-t-elle en remontant ses couvertures.

Les choses allaient finir par s'arranger, elle en était certaine. Raul, à un moment ou à un autre, ne pourrait qu'apprécier de recouvrer sa liberté.

Comme elle pénétrait dans le salon, elle le trouva occupé à rajouter des bûches dans la cheminée. Il se retourna, le visage empreint de gravité.

— Je ne veux pas divorcer ! annonça-t-il avant même qu'elle ait pu prononcer un seul mot.

Avait-il peur d'avoir à lui payer une pension astronomique ?

— Le divorce n'est pas nécessaire. Une simple annulation suffira.

— Une annulation ? répéta-t-il, étonné, comme si cette solution ne lui était pas venue à l'esprit.

— C'est la solution la plus simple et la plus rapide.

Il releva la tête, le défi au fond de ses prunelles sombres.

— Dois-je comprendre qu'après m'avoir forcé à vous épouser, vous voulez aujourd'hui, sans avoir passé un seul jour à mes côtés, me forcer à annuler notre mariage ?

— C'est-à-dire que... mon comportement peut paraître illogique et irresponsable, j'en conviens, bredouilla Polly, mais... vous contraindre à m'épouser contre votre volonté était une pure folie. Nous devons tout envisager pour mettre fin à cette situation.

— Trop tard !

— Non, justement, il n'est pas trop tard ! Nous n'avons même pas vécu ensemble. Il sera facile d'annuler ce qui n'a jamais existé.

Les yeux noirs lancèrent des éclairs.

— Je me suis habitué à l'idée que vous étiez ma femme !

— Mais... que faites-vous de votre liberté ?

— La liberté est un état d'esprit. Le mariage ne changera rien au mien. Vous êtes ma femme et la mère de mon fils. Vous feriez bien de vous habituer à cette idée car je n'ai pas l'intention de changer cet état de chose.

Polly se demandait si elle ne rêvait pas. Elle s'humecta les lèvres et Raul suivit, fasciné, le mouvement de sa langue.

— Je ne sais ce qui m'attire en vous, confessa-t-il soudain d'une voix rauque. Dans le Vermont, j'ai dû lutter bien des fois contre l'envie de vous prendre dans mes bras.

Bouleversée par cette confidence inattendue, Polly ne trouvait plus ses mots. Son cœur battait si fort qu'il en était douloureux.

— En fait, poursuivit-il, dès que mes yeux se sont posés sur vous, j'ai su que vous me plaisiez... et pas seulement comme une mère potentielle pour mon enfant.

Interloquée, Polly se contentait de le fixer de ses immenses yeux bleu pervenche. Soudain, sans que rien ne laissât prévoir son geste, Raul se pencha et, l'enveloppant de ses bras, la souleva du sol.

— Que faites-vous ? s'exclama-t-elle en se débattant.

— L'intérêt d'être devenu votre mari, c'est que je n'ai plus besoin de réprimer mes pulsions.

— Lâchez-moi !

Au lieu de lui obéir, Raul s'empara fiévreusement de ses lèvres en un baiser passionné. Un baiser qui n'avait plus rien à voir avec celui qu'ils avaient échangé à la clinique. Un baiser qui exprimait une faim dévorante, une soif inextinguible. La réponse de Polly fut tout aussi étonnante. Elle s'ouvrit à lui comme une fleur s'ouvre aux premiers rayons du soleil. Elle aurait voulu que cet instant dure toujours. Mais, libérant soudain sa bouche, il la maintint contre lui et la transporta le long du couloir jusqu'à sa chambre dont la porte était restée ouverte. Pénétrant dans la pièce, il la déposa sur le lit, alluma la lampe de chevet et se redressa, un sourire aux lèvres.

— Vous... vous ne pensez pas sérieusement que nous allons partager ce lit ? demanda Polly, affolée.

— Bien sûr que si ! Nous sommes désormais mari et femme, ne l'oubliez pas. C'est même vous qui avez voulu qu'il en soit ainsi.

— Notre mariage n'est pas un vrai mariage !

— C'était exact jusqu'à cet instant, mais nous allons y remédier.

Sur ces mots, il se mit en devoir de défaire sa cravate et déposa sa veste sur le dossier d'une chaise.

— Je... je ne suis pas prête à partager mon lit avec vous, bégaya Polly, affolée.

Elle s'assit contre les oreillers et entoura ses genoux de ses bras.

— Sachez que ne pratique pas le sexe comme un passe-temps.

— Je suis ravi de l'apprendre.

— Et que je... je ne l'ai encore jamais fait.

Un étrange silence s'ensuivit.

— *Cómo ?* demanda Raul dans un souffle.

Polly baissa la tête et avoua, confuse :

— Je n'ai encore jamais eu d'amant.

— Je ne vous crois pas !

— C'est pourtant la vérité.

— Regardez-moi dans les yeux !

Rouge de confusion, Polly releva la tête et affronta le regard incrédule qui la fixait avec stupeur.

— Je fais partie de ces femmes à principes qui se respectent trop pour offrir leur corps à n'importe qui.

La stupéfaction de Raul ne rassurait guère Polly. Il devait la prendre pour une demeurée.

— Mais vous êtes allée à l'université, rétorqua-t-il. Vous y avez rencontré des garçons. Vous avez dû avoir au moins une relation !

— J'ai eu deux fois des relations amoureuses, c'est vrai, mais pas jusqu'à ce stade où...

— Vous auriez mis au monde mon enfant tout en étant vierge !

La chose lui paraissait si extraordinaire qu'il en restait sans voix. Son visage finit par s'éclairer d'un large sourire.

— Eh bien, cette situation est pour le moins curieuse, mais vous n'en n'êtes pas moins ma femme.

— Si je me donne à vous, j'attends que vous me soyez fidèle en retour.

Le sourire disparut instantanément du visage de Raul.

— Aucune femme ne me dictera ma conduite ! rétorqua-t-il d'une voix glaciale. Vous pas plus qu'une autre !

Polly se figea.

— Un mariage sans une promesse de fidélité ne vaut rien.

Raul jura dans sa langue maternelle puis s'approcha d'un pas. Il se pencha sur elle, emprisonna sa taille de son bras, et la tint serrée contre lui, plongeant les yeux au fond des siens comme s'il avait voulu lire dans son âme.

— Où vont s'arrêter vos exigences? Après avoir exercé sur moi un premier chantage en vous servant de mon fils, voilà que vous recommencez en vous servant cette fois de l'attirance que vous exercez sur moi. Sont-ce là ces fameux principes dont vous vous glorifiez?

Tremblant de tous ses membres, le souffle court, Polly s'écria :

— Non!

Raul resserra encore son étreinte, écrasant sa fragile poitrine contre la muraille de son torse puissant.

— Vous ne déciderez jamais de ma vie! Vous n'exigerez pas de promesses insensées. Une épouse digne de ce nom ne marchande pas son corps.

— Telle n'était pas mon intention!

— C'est notre mariage qui est à l'épreuve, pas moi!

Polly étouffait. Elle aurait donné cher pour être libérée de cette étreinte de fer.

— Vous n'êtes qu'une petite hypocrite! Votre corps contre le mien est un bâton de dynamite qui ne demande qu'à être allumé.

— Je ne sais pas de quoi vous parlez!

Il la fit ployer contre les oreillers.

— Alors je vais vous montrer!

Il lui prit les lèvres pour un baiser sauvage, ravageur, et Polly ne songea pas une seconde à se défendre. Comment l'aurait-elle pu? La bataille était perdue d'avance. Tout son corps réclamait les baisers, les caresses de Raul. Elle n'avait plus qu'une pensée : lui appartenir. Il glissa les mains sous ses reins et la plaqua plus fort encore contre lui. Elle put alors sentir palpiter contre ses cuisses le membre viril gorgé de désir. Un gémissement lui échappa.

Raul releva la tête. Il croisa son regard et un sourire d'intense satisfaction entrouvrit ses lèvres avides. Il entreprit de défaire le bustier de dentelle de la chemise de nuit qu'elle avait passée à la hâte. Avec une lenteur étudiée, ses longues mains brunes s'attardaient sur chaque bouton, comme s'il avait tout son temps. Mais, lorsqu'il libéra ses seins laiteux, il retint sa respiration et les contempla, fasciné.

— Magnifique..., murmura-t-il d'une voix à peine audible.

Elle aurait voulu se couvrir, échapper à ce regard brûlant, mais une force mystérieuse la retenait, la paralysait.

— Raul...

Il avança la main et effleura le bout d'un de ses seins qui se dressait, tendu à l'extrême.

— Un bouton de rose...

Il semblait soudain pris de timidité comme si elle était trop fragile pour qu'il puisse la malmener. Mais cette caresse, aussi légère fût-elle, avait embrasé un véritable incendie dans ses veines. Elle se tordit sous lui et gémit de nouveau.

— ... si sensible! poursuivit-il.

Alors, comme sous l'effet d'une impulsion subite, il se redressa et s'éloigna du lit. Polly se retrouva, seule, la poitrine exposée. Tremblante de frustration et d'indignation, elle s'enroula dans le couvre-lit.

— Je peux vous posséder quand je veux, et je le ferai! lança-t-il d'une voix triomphante.

— Vous ne pouvez me forcer à faire ce que je ne veux pas.

— Quand accepterez-vous donc de regarder la réalité en face, *gatita*? Ce qui vient de se passer prouve que ce que je désire, vous le désirez tout autant. Il y a en vous une femme passionnée qui sommeille, Polly. Vous éprouverez beaucoup de plaisir à partager le lit conjugal, j'en suis convaincu.

Bouleversée par ce qu'elle venait de vivre, Polly ne savait que répondre.

— Mon chauffeur viendra vous chercher demain matin. Nous rentrons dans mon pays. *Buenas noches, senora Zaforteza.*

Polly écouta les pas du père de son enfant décroître dans le couloir et serra les poings. Elle aurait voulu crier sa colère et son désespoir. Elle le haïssait mais se haïssait plus encore. Il avait suffi qu'il pose ses lèvres sur les siennes pour qu'elle jette ses bonnes résolutions aux orties. Son corps tout entier brûlait d'une passion à peine révélée, et non satisfaite. Elle découvrait la frustration.

Raul Zaforteza, par contre, pouvait être satisfait. Sans fournir beaucoup d'efforts, il venait de lui prouver qu'elle était entièrement à sa merci. Seigneur, comment avait-elle pu ainsi perdre toute dignité ?

6.

Confortablement installée dans un siège du jet privé des Zaforteza, Polly réprima un soupir. Luis dormait dans un berceau spécialement aménagé pour lui. L'équipage attendait Raul pour décoller. Irena, qui ressemblait davantage à un mannequin qu'à une hôtesse de l'air, guettait son arrivée, se désintéressant totalement de Polly et du bébé.

Un bruit de pas sur la passerelle, mais surtout le sourire lumineux de la belle hôtesse annoncèrent la venue du retardataire. Qu'Irena soit la première à accueillir Raul rendait Polly malade de jalousie. Elle s'en blâma et se promit de mieux gérer ses émotions à l'avenir.

— Désolé d'être en retard, s'excusa Raul en se dirigeant spontanément vers le berceau où dormait son fils.

— Il paraît si calme, si tranquille ! s'exclama-t-il, l'air émerveillé.

— Il peut aussi être agité, parfois. Cette nuit, il ne m'a pas laissée dormir.

Raul se mit à rire.

— Je le comprends. C'est ce que j'aurais fait, moi aussi. Ne vous inquiétez pas, Polly. Au ranch, il aura une nuée de domestiques à sa disposition. Vous aurez plus d'aide qu'il ne vous en faudra et vous pourrez dormir sans être dérangée. Tout au moins... par lui !

Comment pouvait-il afficher une telle décontraction ? Ce diable d'homme la surprenait chaque jour davantage.

Tandis que les moteurs de l'avion se mettaient en route, il lui parla de leur destination, une *estancia* isolée, tenue par sa famille depuis des générations et perdue au milieu de vastes étendues d'herbe sur lesquelles paissaient d'immenses troupeaux. La saison des pluies n'étant pas terminée, le temps allait y être chaud et humide. L'estomac de Polly se contracta. Saurait-elle s'adapter à cette nouvelle vie?

A peine l'avion avait-il décollé que Raul se penchait vers elle, détachait sa ceinture, et la prenait dans ses bras.

— Mais que faites-vous? s'insurgea-t-elle.

— Leçon numéro un : une épouse parfaite — même très en colère — doit toujours manifester le plaisir qu'elle a à retrouver son mari.

Serrée contre lui, Polly sentit une onde de chaleur la parcourir.

— Vous étiez vous-même très en colère contre moi, la nuit dernière.

Raul fit la grimace.

— Un homme n'aime guère être repoussé lorsqu'il amène une femme au lit. En fait, c'était la première fois que cela m'arrivait. Votre comportement était d'autant plus irritant que vous m'aviez forcé à vous passer la bague au doigt auparavant, je vous le rappelle.

— Justement, je vous ai expliqué que...

— ... et vous ne m'avez pas convaincu. Cessons de tourner autour du pot, voulez-vous? Vous me désirez comme je vous désire et cet anneau à votre annulaire est conforme à vos principes. Que voulez-vous de plus?

Lui prenant le menton, il l'obligea à affronter son regard.

— N'exigez pas trop de moi, *gatita*, sinon vous risquez d'être déçue. Contentez-vous de ce que vous avez.

— C'est-à-dire?

En guise de réponse, il s'empara de ses lèvres, la privant sur-le-champ de toute capacité de réflexion. Assiégée par mille sensations, toutes plus délicieuses les unes

76

que les autres, elle se lova contre le corps viril et puissant. Les baisers de Raul, aussi indispensables que l'air qu'elle respirait, devenaient pour elle une drogue dont elle ne pouvait se passer.

Il libéra ses lèvres et lui sourit.

— Ce baiser était... délicieux ! Je sens que vous aimez cela tout autant que moi. C'est un bon point de départ, non ? Et maintenant, je suggère que vous vous reposiez.

— Pourqui devrais-je me reposer ?

— Vous semblez épuisée et nous avons de longues heures de vol devant nous.

— Mais, Luis va bientôt se...

— Je prendrai la relève. Je suis parfaitement capable de m'occuper de mon fils pendant plusieurs heures.

Polly ressentait effectivement une immense fatigue. Quelques heures de sommeil lui feraient du bien. Elle sentit le regard de Raul qui la suivit jusqu'à la porte de la cabine aménagée en chambre. A quoi pensait-il ? Savourait-il, une fois encore, sa victoire ?

Lorsque Polly se réveilla, elle ouvrit de grands yeux étonnés sur un univers inconnu, puis se souvint qu'elle était à bord du jet privé de Raul. Jetant un regard à sa montre, elle poussa un cri de surprise. Elle venait de dormir huit heures d'affilée pour la première fois depuis la naissance du bébé. *Luis !* Repoussant vivement sa couverture, elle sauta de son lit et se précipita hors de la chambre.

Une scène étonnante l'attendait. Tenant Luis dans ses bras, Raul bavardait en toute intimité avec Irena, penchée sur lui à le toucher. A la vue de Polly, cette dernière esquissa une grimace. De toute évidence, elle la considérait comme une intruse.

— Pourquoi ne m'avez-vous pas réveillée plus tôt ? demanda Polly, une pointe d'agressivité dans la voix.

Raul haussa les sourcils.

— Vous étiez épuisée et Irena a eu la gentillesse de me proposer de m'aider à m'occuper de Luis.

Puis, devant ses cheveux en désordre et ses vêtements froissés, il ajouta :

— Vous devriez vous changer et vous rafraîchir. Nous atterrissons à Maiquetia dans moins d'une heure.

Irena gardait sa main posée sur l'épaule de Raul. « Elle est sa maîtresse, c'est évident ! » soufflèrent à l'oreille de Polly les démons de la jalousie. Raul l'avait envoyée se reposer pour avoir le champ libre et Irena arborait l'air satisfait du chat qui vient de finir son écuelle de lait. Luis s'étant endormi, Raul se leva pour le déposer délicatement dans son berceau.

— Et vous, avez-vous pu dormir un peu ? s'enquit Polly.

— Non. Mais je n'ai besoin que de très peu de sommeil. Par contre, il est urgent que je prenne une douche et que je me rase.

Sans plus attendre, il disparut dans leur chambre, suivi des yeux par Irena.

— Votre mari est une véritable force de la nature, *señora*, dit cette dernière sans chercher à dissimuler l'admiration qu'elle vouait à son patron. Soyez sans inquiétude, j'ai veillé à ce qu'il ne manque de rien et qu'il ait tout ce qu'il faut pour se détendre.

Polly lui aurait volontiers arraché les yeux. Comme cela n'aurait en aucune façon réglé la situation, elle se contenta de hausser les épaules avant de se diriger à son tour vers la chambre. Raul était dans la salle de bains. Avec des gestes d'automate, le cœur rongé par la jalousie, elle extirpait de sa valise la première robe qui lui tombait sous la main quand soudain la porte s'ouvrit. Raul sortait de sa douche, rasé de près, parfumé, une serviette sur l'épaule. Elle l'apostropha sans plus attendre :

— Irena est votre maîtresse, n'est-ce pas ?

Il la toisa de toute la hauteur de son imposante stature.

— Vous me décevez, *gatita* ! Cette scène de jalousie

est stupide et déplacée ! Irena est mon employée et il n'est pas dans mes habitudes de faire de mes employées mes maîtresses. A l'heure actuelle, vous êtes la seule femme dans ma vie.

— J'aimerais vous croire, mais...

— Mais vous êtes jalouse d'Irena ! Pourquoi ? Parce qu'elle s'habille comme une femme alors que vous continuez à vous vêtir comme une adolescente qui refuse de grandir ?

Cette contre-attaque inattendue rendit Polly muette de surprise. Raul s'empara de la robe qu'elle venait de sortir de sa valise.

— Une gamine de treize ans pourrait porter ce genre de vêtement !

— J'ai le plus grand mal à trouver des vêtements à ma taille, se défendit Polly, blessée dans son orgueil. Je suis petite, menue, et les boutiques...

— Eh bien, je vais arranger cela ! Mais, je vous en prie, cessez d'être jalouse d'Irena. Toutes les Vénézuéliennes adorent se parer, se maquiller et... flirter. C'est dans leur nature.

— Et... qu'en est-il des Vénézuéliens ? J'ai hâte de les rencontrer. On doit beaucoup s'amuser dans votre pays.

Raul réagit alors d'une façon des plus surprenantes. Il lui saisit le bras avec violence et la secoua, l'obligeant à affronter son regard.

— Ce qui est à moi est à moi ! rugit-il, tel un lion à qui on essayerait de voler sa proie. Jamais je ne laisserai un autre homme vous approcher.

Les yeux exorbités, il ne plaisantait pas. Sidérée par sa réaction, déclenchée par ce qui n'était pour elle qu'une boutade, Polly le fixait, ahurie, sans trouver les mots pour se défendre.

— Vous... vous me faites mal ! finit-elle par balbutier.

Reportant un regard étonné sur la main qu'il tenait crispée autour du bras menu, Raul ouvrit aussitôt ses doigts.

— Je... je suis désolé. J'ai peut-être été un peu brutal.

Peut-être! Jamais elle ne l'avait vu dans un tel état. Lui qui, en toutes circonstances, savait garder son sang-froid, avait semblé, l'espace de quelques secondes, perdre tout contrôle de lui-même. Mais, de nouveau maître de lui, il lança en se dirigeant vers la porte :

— Je vous retrouverai à l'*estancia* dans deux ou trois jours !

— Comment cela, vous me *retrouverez* à l'*estancia*? se récria-t-elle. Où irez-vous pendant ce temps?

— Je vais rester quelques jours à Caracas où des affaires urgentes m'attendent. J'ai été absent trop longtemps.

Sur ces mots, il la laissa seule à bouder devant son miroir. Elle prit une douche et revêtit sans enthousiasme la robe *qu'une adolescente de treize ans aurait pu porter*. Lorsqu'elle rejoignit la cabine principale, Irena tournait autour de Raul comme un papillon autour d'une lampe. Alors que l'hôtesse s'éloignait pour rassembler les affaires de Luis, Raul souffla à l'oreille de Polly :

— Je crois que vous aviez raison, en effet, mais jamais, je vous le jure, je ne lui ai donné le moindre encouragement.

A l'aéroport, le visage de nouveau indéchiffrable, Raul prit congé d'elle avec civilité, comme il l'aurait fait d'une lointaine relation, laissant à Irena le soin de l'accompagner avec Luis jusqu'au petit avion qui allait les transporter vers leur destination finale.

Polly poussa un long soupir. Ce voyage n'en finissait pas ! L'avion était beaucoup plus petit que le précédent et ne paraissait pas avancer. Elle se sentait le cœur lourd. Parviendrait-elle un jour à connaître cet homme complexe qu'elle avait épousé dans de si étranges circonstances? Ces *affaires urgentes* qui le retenaient à Caracas n'étaient-elles pas un prétexte pour l'éloigner et fuir ces scènes de jalousie qu'il disait exécrer? Elle serra Luis très fort contre son cœur. Que leur réservait ce pays qu'ils ne connaissaient pas?

La pluie tombait à torrents lorsque Polly et Luis quittèrent l'avion, protégés par l'immense parapluie tenu au-dessus de leur tête par l'assistant du pilote. Ce dernier les accompagna jusqu'à la voiture qui les attendait. Il ne parlait pas un mot d'anglais. Pas plus que le chauffeur qui prit sans plus tarder la route de l'*estancia*. Le sentiment de culpabilité et la lassitude de Polly se transformèrent alors en colère. Comment Raul avait-il osé la laisser arriver seule dans un lieu où personne ne la connaissait, où personne ne parlait sa langue?

A travers le rideau de pluie surgirent soudain des bâtiments, entourés de palmiers secoués par le vent. La chaleur était étouffante malgré les bourrasques. « Bienvenue en enfer ! » se dit Polly en serrant de nouveau très fort son fils contre elle. Raul les avait envoyés dans cet endroit perdu du bout du monde tout en continuant à vaquer à ses occupations. Etait-ce ainsi qu'il concevait ses responsabilités familiales?

La voiture s'arrêta devant le porche d'une imposante maison coloniale, dotée d'une splendide véranda, et d'un balcon en fer forgé auquel s'accrochaient des plantes grimpantes aux multiples couleurs. Le chauffeur se précipita pour leur ouvrir la portière. Protégeant Luis comme elle le pouvait, Polly courut sous la pluie, monta les marches quatre à quatre et s'engouffra dans le hall agréablement climatisé.

L'espace d'une seconde, elle retint sa respiration devant la magnificence du lieu. Puis, graduellement, elle prit conscience du groupe de servantes qui, massées le long du mur, tenaient leurs yeux fixés sur elle et sur l'enfant.

Rien ne paraissait vouloir troubler le silence pesant. Les servantes semblaient mal à l'aise, dansant d'un pied sur l'autre. Et soudain, une blonde époustouflante parut en haut du grand escalier, d'où elle lui lança quelques mots en espagnol.

Que répondre? Polly ne connaissait rien de cette langue.

— Je suis désolée, mais je ne parle pas...

— Je suis la Condesa Melina D'Agnolo. Où est Raul? s'enquit alors la superbe créature dans un anglais parfait.

— Il est resté à Caracas.

Aussi silencieuses et rapides que des souris, les domestiques disparurent une à une par des portes latérales. Polly adressa un regard interrogateur à la Condesa. Celle-ci, moulée dans une robe couleur cerise, ornée de bijoux somptueux, la toisait du haut des marches comme si elle n'était que quantité négligeable.

— Caracas! s'écria-t-elle, visiblement dépitée.

Le son aigu de sa voix réveilla Luis qui se mit à pleurer. Melina D'Agnolo s'approcha et fixa le bébé d'un regard haineux.

— Voici donc l'enfant dont on m'a parlé. Il existe vraiment! Eh bien, qu'attendez-vous pour le faire taire?

— Il a faim...

— Quand Raul va-t-il arriver?

— Dans deux ou trois jours.

— Je vais donc l'attendre, mais, je vous en prie, gardez cet enfant hors de portée de mes oreilles!

— Je crains que cela ne soit pas possible!

— N'essayez pas de me contrer! rugit la Condesa, hors d'elle. Si vous désirez garder votre emploi, vous devrez faire exactement ce que je vous dirai.

Polly s'apprêtait à l'informer qu'elle n'était pas une nouvelle employée mais l'épouse du maître des lieux, quand Melina D'Agnolo, qui ne l'écoutait déjà plus, se mit à hurler un nom puis des ordres en espagnol. Une femme d'un certain âge, toute de noir vêtue, parut si vite qu'elle devait se tenir juste derrière la porte. Elle lança à Polly un regard désolé.

— La gouvernante va vous conduire au premier étage, à la nursery, déclara Melina d'un ton péremptoire. Vous y prendrez vos repas. Je ne veux pas être dérangée par les pleurs de cet enfant, c'est compris?

Polly ne bougea pas. Affrontant sans ciller le regard de son interlocutrice, elle lui demanda d'une voix posée :

— Pourquoi agissez-vous comme si vous étiez la maîtresse de maison ? Etes-vous une parente de Raul ?

Les yeux verts de Melina se rétrécirent et une grimace d'impatience déforma sa bouche, qui était du même rouge que sa robe.

— Je suis ici comme chez moi. Raul et moi sommes des amis... très intimes.

Les couleurs se retirèrent des joues de Polly. Impossible de ne pas comprendre ce qui se cachait derrière une telle déclaration. Un vertige la saisit. Sa jalousie à l'encontre de l'insignifiante Irena lui parut tout à coup relever de la plus grande stupidité. C'est là, sous le toit même de la maison où elle allait vivre, que se cachait le vrai danger : la maîtresse en titre de Raul.

— Pourquoi me regardez-vous ainsi ? s'enquit Melina D'Agnolo, manifestement irritée.

— Je dois dire que cette situation est pour moi extrêmement embarrassante...

Notant le sourcil interrogateur de Melina, elle poursuivit :

— Raul et moi nous sommes mariés le mois dernier. Je suis la *señora Zaforteza*.

Un silence lourd et tendu s'ensuivit, soumettant les nerfs de Polly à rude épreuve. Et pour ne rien arranger, Luis se remit à pleurer.

La surprise affichée par la pulpeuse blonde n'était pas feinte. Médusée, elle semblait soudain transformée en statue.

— Ce... ce n'est pas vrai ! finit-elle par articuler. Je ne puis croire que...

— Je suis la femme de Raul. Non pas une nurse fraîchement recrutée, mais la nouvelle maîtresse de maison ! l'interrompit sèchement Polly, tout en reportant son regard vers la femme en noir.

Celle-ci s'avança vers elle et dit dans un anglais sans faute :

— Nous vous attendions, *señora Zaforteza*. Le maître nous a avertis de votre arrivée. Confiez-moi le bébé, je vais le conduire à la nursery et veiller à ce qu'il ne manque de rien.

Heureuse de soustraire son enfant à l'atmosphère électrique qui vibrait dans la pièce, Polly déposa Luis dans les bras de la gouvernante.

— *La maîtresse de maison!* répétait Melina, incrédule.

« Raul, pourquoi n'es-tu pas là ? » songea Polly, le cœur serré. « J'ai tellement besoin de toi ! C'est ta maison, ton territoire. Tu devrais être à mes côtés et me présenter à chacun. Pourquoi n'as-tu pas averti ta maîtresse que tu as acquis une épouse ? »

— Cherchons un lieu pour parler tranquillement ! lança la Condesa.

— Je n'ai rien à vous dire.

— Moi, si. Mais si vous préférez que je parle devant les domestiques, libre à vous.

Tendue à l'extrême, Polly suivit Melina jusqu'à un superbe salon meublé à l'ancienne. Dès que la porte fut refermée, Polly répéta d'une voix ferme :

— Je n'ai rien à vous dire.

— Eh bien vous allez m'écouter. De toute évidence, Raul vous a épousée à cause de cet enfant. Bravo. Bien joué. Vous gagnez la première manche, mais Raul est fou amoureux de moi et il me reviendra, j'en suis certaine.

Polly voulut quitter la pièce, mais Melina lui saisit le bras au passage, l'obligeant à rester.

— Personne ne me fera croire que Raul puisse être amoureux de vous ! Je suis la seule femme qu'il ait jamais aimée. Les autres, et il y en a eu, croyez-moi, n'étaient que des flirts sans importance.

— Votre histoire ne m'intéresse pas ! affirma Polly avec force.

— Votre mariage ne durera pas plus de six mois, vous pouvez me croire. Raul aime trop sa liberté pour se passer la corde au cou. Il y a dix ans j'ai épousé un autre

84

homme, et il en a été très affecté. Mais mon mari est mort et je suis de nouveau disponible. Raul a besoin de moi. Il a toujours eu besoin de moi. Le mois prochain, il est prévu qu'il reçoive ici plus de deux cents personnes. Il y aura un rodéo, un match de polo et une grande soirée où l'on dansera toute la nuit. Raul m'a toujours confié le soin d'organiser ce type d'événements. Pensez-vous être capable d'assumer une telle responsabilité ?

Polly était livide. Elle redressa cependant le menton et affronta le regard de son interlocutrice, pleine de défi.

— Ne vous fiez pas aux apparences, elles sont trompeuses. Je suis plus forte qu'il n'y paraît !

Melina partit d'un rire sarcastique.

— Regardez-vous, ma chère. Vous avez l'air d'une gamine à peine sortie de l'adolescence. Raul me reviendra, je vous le dis. Ce n'est qu'une question de temps. Les hommes comme lui s'ennuient vite. Ils deviennent alors agressifs et méchants. Je vous aurai prévenue !

D'un geste brusque, Polly se libéra de l'emprise de la main de Melina et lui désigna la porte.

— Sortez d'ici ! Nous n'avons plus rien à nous dire.

— Très bien, je vais quitter cette maison. Mais à votre place, je ne mentionnerais pas cet entretien à Raul. Il a les scènes de jalousie en horreur.

— Pourquoi cette soudaine sollicitude à mon égard ?

— Il semble que vous ayez déjà plus de problèmes que vous ne pouvez en gérer. Pour ma part, c'est avec le plus grand intérêt que j'observerai comment vous essayerez de me remplacer.

Sur ces mots, la Condesa tourna les talons et Polly la suivit du regard alors qu'elle remontait l'escalier monumental, fière et sûre d'elle. La maîtresse de Raul occupait la place et ne semblait pas avoir l'intention de se laisser supplanter. Même par l'épouse légitime du maître des lieux.

Melina était typiquement le genre de femme que l'on voyait accrochée au bras de Raul sur les photos des magazines : superbe, sophistiquée, et terriblement sexy. Dans un sursaut de fierté, Polly refusa de se laisser démoraliser. Raul lui avait affirmé qu'elle était actuellement la seule femme dans sa vie et elle décida de le croire. Peu lui importait le passé de son mari. Melina allait faire ses valises et disparaître de leur environnement.

Polly se mit en quête de la nursery. Après quelques erreurs, elle finit par trouver la bonne porte. Richement décorée, la pièce était spacieuse et gaie. Fraîchement changé et repu, Luis trônait dans un lit à l'ancienne, tel un roi donnant une audience. Autour du lit se tenaient une pléiade de domestiques qui manifestaient sans réserve leur admiration pour l'héritier des Zaforteza.

— Ce petit est un cadeau du ciel, dit la gouvernante, les yeux humides d'émotion. Il y a si longtemps qu'il n'y a pas eu d'enfant dans cette maison.

— Est-ce le lit de Raul ? demanda Polly avec un sourire.

La gouvernante détourna son regard.

— Non, *señora*, c'était... celui de son père.

Déconcertée par la tristesse de la vieille femme, Polly se laissa guider le long d'une galerie ornée de magnifiques tableaux jusqu'à une vaste chambre. Elle ouvrit la porte-fenêtre et sortit sur la terrasse qui donnait sur un jardin paysager, parfaitement entretenu. La pluie avait cessé. Pour la plupart, les fleurs et les arbres qui ornaient le jardin lui étaient inconnus. Au loin, une construction étrange et fascinante, avec des tours, très différente du reste de l'*estancia*, attira son attention.

— A quoi sert ce bâtiment ? demanda-t-elle à la gouvernante.

Celle-ci se figea.

— Il ne sert plus à rien, *señora*.

— Quel dommage ! Il est magnifique.

— Ce n'est pas un bon endroit. Trop de fantômes l'habitent...

La gouvernante recula soudain, d'un air effrayé, comme si elle en avait trop dit.

— Je vais vous préparer à manger, s'empressa-t-elle d'ajouter. Vous devez mourir de faim.

Sans attendre de réponse, elle quitta la pièce comme si elle avait le diable à ses trousses. Polly la suivit du regard, terriblement intriguée.

Le soir même, Polly se prélassait dans l'immense baignoire de la salle de bains attenante à la chambre. Elle était si menue et la baignoire si vaste qu'elle se sentait comme la reine d'un minuscule Etat isolé du reste du monde. Seuls ses orteils émergeaient de la mousse parfumée qui recouvrait l'eau. Elle s'amusa à les faire bouger, telles des petites marionnettes, puis s'arrêta de jouer et laissa échapper un soupir. Elle manquait de compagnie.

La Condesa D'Agnolo avait disparu. Elle s'était évanouie comme les mauvaises fées des contes pour enfants. Où était-elle partie et par quel moyen ? Une voiture ? Un avion ? La propriété des Zaforteza était perdue au milieu de centaines d'hectares de pâturages, loin de tout.

Polly songea à la promenade qu'elle avait faite, dans l'après-midi. Elle s'était aventurée jusqu'à l'extrême pointe de l'immense jardin qui entourait la maison et avait laissé son regard errer sur la vaste plaine environnante. Aussi loin que portait sa vue, elle n'avait pas aperçu la moindre habitation alentour. Seuls quelques bouquets d'arbres et quelques points d'eau venaient rompre la monotonie du paysage sur lequel régnait un soleil de plomb.

Elle ferma les yeux et ses pensées voguèrent vers Raul. Où était-il ? Que faisait-il ? Allait-il l'appeler ? Ils étaient séparés depuis peu mais aujourd'hui, plus que jamais, elle se languissait de lui. Son cœur se serra. Comment lutter contre la superbe Melina ? Elle n'était pas de taille. C'était trop injuste.

— Leçon numéro deux, énonça soudain une voix qu'elle aurait reconnue entre mille. Lorsqu'une épouse parfaite prend son bain, elle fait en sorte que son mari puisse la contempler à son aise, et évite la profusion de mousse qui cache la merveille de son corps.

Polly ouvrit les yeux. Raul se tenait dans l'encadrement de la porte.

7.

Une bombe tombant à ses pieds n'aurait pas produit plus d'effet sur Polly.

Ebahie, elle n'en croyait pas ses yeux : Raul, qui aurait dû se trouver à des kilomètres de là, occupé à gérer ses affaires, s'approchait de la baignoire, le sourire aux lèvres.

— Vous êtes si délicieuse au milieu de toutes ces bulles !

Le regard fixé sur les deux seins rebondis qui émergeaient de la mousse, il ne cachait pas son intérêt. Tout d'abord incapable de la moindre réaction, Polly finit par se redresser et remonta ses genoux jusqu'au menton afin de cacher sa poitrine. Raul laissa échapper un soupir.

— Vous vous comportez parfois d'une façon bien puérile, *gatita*...

— Vous auriez pu frapper ! s'insurgea-t-elle, vexée.

— Pourquoi ? La porte n'était pas fermée...

Comment sortir de cette baignoire ? se demanda Polly avec anxiété. Mais le bonheur de revoir Raul était tel qu'elle ne pouvait détacher son regard de celui qui occupait ses pensées jusqu'à l'obsession. Il la fixait avec attention et des paillettes d'or dansaient au fond de ses prunelles sombres.

— Je vous ai manqué ? demanda-t-il d'une voix qui lui fit courir un frisson le long de l'épine dorsale.

Plus que vous ne pourrez jamais l'imaginer.

— Nous nous sommes quittés ce matin seulement! répondit-elle d'un air détaché.

Comment pouvait-elle prendre un ton aussi distant alors qu'elle mourait d'envie qu'il la serre dans ses bras!

— Décidément, ce n'est pas de quelques leçons dont vous auriez besoin pour devenir une épouse parfaite, mais d'un stage de formation intensive, lança-t-il, railleur. Que faut-il donc faire pour obtenir de vous un mot agréable?

Polly baissa la tête afin qu'il ne voie pas les larmes qui lui montaient aux yeux. « J'ai fait la connaissance de votre maîtresse et cela a gâché ma journée », aurait-elle voulu lui jeter au visage. Mais elle n'en fit rien.

— Vous savez bien que je n'ai pas l'habitude de partager ma salle de bains avec un homme.

— Eh bien, voilà donc par quoi nous devons commencer.

— Que voulez-vous dire? demanda-t-elle en se recroquevillant au fond de la baignoire, paniquée.

— *Dios*... quel accueil! Et moi qui me suis précipité ici afin d'être plus vite auprès de vous!

— Je croyais que vous aviez des affaires urgentes à régler.

— C'est exact, mais la perspective de retrouver ma femme m'a paru plus attrayante.

Soudain, il se baissa, la prit sous les bras et la souleva dans les airs, aussi nue que dégoulinante.

— Reposez-moi tout de suite dans l'eau! supplia-t-elle.

Raul plongea son regard au fond du sien. Devant les yeux pervenche soudain agrandis par l'appréhension, il sembla hésiter une fraction de seconde, et il la reposa dans son bain.

— Rassurez-vous... je ne vous aurais fait aucun mal. De quoi avez-vous si peur? Vous étiez si calme et si douce à vivre dans le Vermont. Aujourd'hui, il suffit que je paraisse pour que vous crachiez votre venin. Que s'est-il donc passé?

« J'ai trop mal ! aurait voulu crier Polly. Je suis tombée éperdument amoureuse de vous sans être payée de retour. Vous ne croyez pas en l'amour. Vous vous servez des femmes comme des objets, pour votre plaisir. La situation ne manque évidemment pas d'intérêt pour vous. Une épouse vierge, quelle superbe nouveauté ! »

Raul ôta sa veste et sa cravate. Puis il se débarrassa de sa chemise.

— Que faites-vous ? demanda Polly, pleine d'appréhension.

— Ça ne se voit pas ? Je me déshabille. Ne me regardez pas ainsi ! Perdre sa virginité est tout de même moins douloureux que de se faire arracher une dent !

— Qu'en savez-vous ?

— Je vous communiquerai mes impressions demain matin.

Raul était maintenant torse nu. Polly posa ses yeux, fascinée, sur la poitrine puissante et musclée et sur le fin duvet brun qui la recouvrait. Sans montrer la moindre gêne, Raul fit glisser son pantalon jusqu'à ses chevilles. Polly aurait voulu détourner son regard mais ne le put. Comme attirés par un puissant aimant, ses yeux suivirent tous les mouvements de Raul pour se fixer enfin sur l'endroit où le soyeux duvet disparaissait sous le seul vêtement qui lui restait encore : un slip noir qui le moulait parfaitement.

— Vous m'embarrassez ! dit Raul, une pointe d'amusement dans la voix.

Prise en flagrant délit de voyeurisme, Polly se sentit devenir de la teinte d'une pivoine. Raul sourit.

— Je pensais que vous jouiez la comédie, dans le Vermont, mais vous êtes vraiment d'une pudeur extrême.

— Mon père avait trois principes : une fille doit s'habiller strictement, ne pas regarder les garçons, et apprendre à se taire.

Raul eut un début de fou rire.

— Le troisième me paraît excellent. Dommage que vous ne le mettiez pas en pratique !

C'est avec un air à la fois moqueur et content de lui qu'il enjamba alors le rebord de la baignoire.

Ses bras enserrant fortement ses genoux, Polly sentit sa panique grandir.

— Si vous avez l'intention de me faire perdre ma virginité maintenant, ne pourrions-nous pas le faire dans un lit, comme tout le monde ? balbutia-t-elle.

Comme rien ne semblait pouvoir arrêter Raul, elle tenta de se lever pour s'enfuir, mais il fut plus rapide qu'elle. Lui saisissant les mains, il la fit retomber sur lui, dans une gerbe d'eau mousseuse. Le souffle court, incapable de supporter le contact de leurs peaux nues, Polly se redressa et s'empressa de reprendre sa place à l'autre bout de la baignoire.

— N'ayez aucune crainte, dit-il d'un ton rassurant. Mon intention n'était pas de consommer notre mariage dans la baignoire. Je veux seulement que nous parlions.

— En prenant un bain ?

— Oui. Ce passage par la baignoire est une manière agréable de nous préparer à une plus grande intimité.

— Est-ce ainsi que vous séduisez vos maîtresses ? Dans des baignoires ?

Le sourire disparut des lèvres de Raul.

— *Infierno*, votre jalousie devient insupportable ! C'est un sentiment terriblement destructeur. Avez-vous l'intention de tout détruire avant même que nous ayons construit quoi que ce soit ?

Pourquoi n'avait-elle pas tourné sept fois sa langue dans sa bouche avant de parler ? Désespérée, Polly ferma les yeux et aussitôt, des dizaines de photos de magazines se mirent à défiler comme dans un mauvais rêve. Lorsque, dans le Vermont, elle avait appris que Raul était le père de son enfant, elle s'était précipitée à la bibliothèque, mue par le besoin de se plonger dans la lecture d'articles retraçant la vie mondaine de ce Raul Zaforteza. Ils étaient on ne peut plus éloquents. Le père de l'enfant qu'elle portait était un bourreau des cœurs qui changeait de maîtresse comme d'autres changent de chemise. Le choc avait été rude. Elle avait compris alors que son amour pour cet homme était voué à l'échec, et que tout espoir qu'il l'aime un jour était vain. Depuis — comment l'oublier ? — il y avait eu l'accueil que lui avait fait l'arrogante Condesa Melina D'Agnolo.

— J'en ai plus qu'assez ! poursuivait Raul, le visage fermé. C'est comme si je devais lutter contre un ennemi invisible. Quoi que je dise, quoi que je fasse, vous ne cessez de me soupçonner.

Se redressant, il s'empara d'une serviette et sortit de la baignoire sans un regard en arrière. Le système de défense de Polly s'effondra comme un château de cartes. Elle vit leur mariage condamné avant même d'avoir une chance de commencer. Par sa stupide intransigeance et sa détestable jalousie, elle venait de refuser la perche que Raul lui avait tendue.

En proie à un terrible sentiment de culpabilité, elle sortit du bain à son tour, s'empara d'un peignoir et s'en revêtit rageusement. Il était deux fois trop grand pour elle mais elle n'y prit garde.

— Raul, je suis désolée, dit-elle en se précipitant dans la chambre.

— N'en parlons plus. Je sors. J'ai besoin de prendre l'air.

Ses cheveux noirs encore mouillés, il était en train de se rhabiller. A court de mots, Polly le regarda passer une chemise et des jodhpurs. Ce n'est que lorsqu'il enfila une paire de bottes d'équitation qu'elle réagit.

— Mais où allez-vous ? La nuit tombe et...

— Retournez à votre bain moussant. Protégez ce précieux corps que vous me refusez et laissez-moi tranquille !

— Attendez ! Je viens de vous faire des excuses. Que dois-je faire de plus, ramper ?

Pour la première fois depuis qu'elle l'avait rejoint dans

la chambre, il tourna son regard vers elle. Ce qu'elle lut au fond des yeux sombres la glaça jusqu'au sang.

— Disparaissez de ma vue ! ordonna-t-il.

Polly recula d'un pas, effrayée par la violence du rejet qu'elle venait de déclencher. En moins d'une seconde, Raul était devenu un étranger.

— Disparaissez avant que je ne prononce des mots qui pourraient heurter votre sensibilité !

Comme elle restait sans réaction, tétanisée, il lança :

— J'en ai assez de vos insinuations. Si vous avez quelque chose à me reprocher, faites-le ! Cessez de tourner autour du pot !

C'était le moment de lui parler de l'accueil que lui avait réservé la Condesa Melina D'Agnolo, mais pas un son ne put sortir de sa gorge. Raul détestait réellement les scènes de jalousie, c'était évident. Elle ne voulait pas risquer de provoquer une nouvelle crise, qui serait peut-être plus violente encore que les précédentes.

— Je... je n'ai rien à dire ! finit-elle par articuler.

— Alors cessez de me harceler avec mes maîtresses ! Après vous avoir quittée, ce matin à l'aéroport, je n'ai cessé de penser à vous, à notre mariage qui n'en est pas vraiment un. J'ai choisi de laisser mes affaires pour revenir lui donner une chance...

— Raul, je...

— Taisez-vous ! Votre jalousie est insupportable. Comment osez-vous me reprocher les aventures que j'ai pu avoir quand je n'avais de comptes à rendre à personne ?

Polly se mordit la lèvre jusqu'au sang. Tout son corps tremblait comme une feuille.

— Je... je ne voulais pas...

— Jamais plus je ne consentirai le moindre sacrifice pour sauver ce mariage ! Pourquoi le ferais-je ? J'ai mon fils et je n'ai besoin de rien d'autre. En tous les cas, pas d'une femme-enfant terrorisée à l'idée que je puisse lui faire l'amour.

94

— Raul, je vous en supplie...

Sans tenir le moindre compte de sa supplique, Raul se dirigea vers la porte et cria un nom dans le couloir. Une domestique accourut aussitôt. Il aboya des ordres en espagnol et la femme hocha la tête en guise d'acquiescement. Il se tourna alors vers Polly.

— Vous n'aurez plus à craindre que je vous approche, *mi esposa*. Vos affaires vont être transférées dans une autre chambre.

8.

La chambre était superbe. La domestique qui y avait conduit Polly évitait soigneusement son regard. Etre chassée de la chambre à coucher conjugale juste après le mariage devait constituer, à ses yeux, le pire des affronts. Elle se retira sur la pointe des pieds, sans relever la tête.

Comment Raul avait-il osé rendre public leur différend? Polly écumait de rage. Le caractère versatile de son mari la déconcertait. Jamais elle n'aurait imaginé qu'il puisse lui parler et surtout la regarder comme il l'avait fait. Les démons, qu'elle ne connaissait que trop bien, lui ordonnaient de prendre Luis dans ses bras et de quitter à jamais cette maison dans laquelle elle n'était pas la bienvenue. Puis les larmes ruisselèrent sur ses joues, la pensée de s'éloigner de Raul lui étant désormais insupportable.

La crise de larmes passée, elle put enfin examiner sa propre attitude. Elle n'était vraiment pas fière d'elle. L'accueil qu'elle avait fait à son mari, alors qu'il était rentré plus tôt qu'il ne l'avait prévu pour être en sa compagnie, avait été des plus froids. Elle s'était montrée jalouse, hargneuse, détestable. Si au moins elle s'était confiée au sujet de l'attitude de Melina D'Agnolo, il aurait compris les raisons de sa mauvaise humeur. Mais elle ne l'avait pas fait et, désormais, jamais plus elle n'oserait aborder ce sujet.

Jalouse, elle l'était. Jalouse à en mourir. Elle aimait

Raul de toute son âme et désirait le garder pour elle seule. C'était une réalité qu'elle devait admettre. Découvrant soudain dans le miroir combien ses yeux étaient gonflés, elle s'aspergea abondamment le visage d'eau glacée. Puis elle se brossa les cheveux, para son visage d'un léger maquillage, se parfuma et revêtit un déshabillé vaporeux. Quand le résultat lui parut satisfaisant, elle quitta sa chambre sans un bruit et longea le couloir à pas feutrés, telle une voleuse, jusqu'à la chambre nuptiale. La lune éclairait le vaste lit de ses rayons argentés. Le cœur battant à tout rompre, elle se glissa entre les draps de soie.

Elle dut s'endormir car, soudain, des bruits de pas accompagnés de vociférations la réveillèrent en sursaut. Repoussant les cheveux qui lui retombaient sur le visage, elle alluma la lampe de chevet et sauta hors du lit. Que se passait-il ? Elle courut jusqu'à la porte et s'avança dans le couloir. Un groupe de domestiques entourait Raul qui, les vêtement couverts de boue, gesticulait, furieux.

— Raul... quelque chose ne va pas ? demanda-t-elle d'une petite voix.

Les domestiques se retournèrent, les yeux agrandis par la surprise.

— Par tous les diables de l'enfer, où étiez-vous passée ? s'écria Raul d'un ton accusateur.

— Euh... j'étais au lit. Je dormais. Pourquoi ?

Telles des ombres silencieuses, les domestiques se retirèrent un à un. En quelques enjambées, Raul l'avait rejointe, pénétrait dans la chambre et contemplait les draps froissés. Un air de totale stupéfaction se lisait sur son visage.

— Leçon numéro trois, expliqua Polly, une épouse parfaite ne laisse jamais se coucher le soleil sur une dispute.

— Mais le soleil... se lève ! fit remarquer Raul d'une voix rauque.

Sourcils froncés, Polly lança un regard vers la fenêtre et vit qu'en effet les premières lueurs de l'aube pointaient à travers les interstices des volets. Raul se pencha, la souleva dans ses bras et la déposa sur le lit.

— Que se passait-il dans le couloir ? s'enquit-elle.

— Vous n'étiez pas dans votre chambre. J'ai pensé que vous vous étiez enfuie de nouveau.

— Enfuie ! Mais comment l'aurais-je pu ?

— Deux hélicoptères et une collection de voitures sont garés dehors. Sans compter l'écurie qui est pleine de chevaux. Vous n'auriez eu que l'embarras du choix. Mon lit était bien le dernier endroit où j'aurais pensé à vous chercher.

Il l'avait cherchée ! Il s'était soucié d'elle ! Une chaleur bienfaisante submergea Polly.

— Désirez-vous... que je parte, balbutia-t-elle, prenant soudain conscience de ce qu'elle avait osé faire.

— Certainement pas ! Je suis capable de reconnaître quand on me tend le calumet de la paix, et je m'en voudrais de le dédaigner. De plus, je constate avec plaisir que vous vous êtes maquillée, parfumée, parée, pour venir me rejoindre ici, dans le lit nuptial.

Dios mío... la vierge préparée pour le sacrifice !

Sa voix se faisait de plus en plus rauque et ses yeux noirs semblaient ne plus pouvoir se détacher de son corps que laissait deviner le déshabillé transparent. Polly tenta une diversion.

— Vous avez chevauché toute la nuit ? Vous devez être épuisé...

— Je suis allé assez loin en effet, j'ai poussé jusqu'à la demeure d'un voisin. Je suis couvert de boue. J'ai besoin de prendre une douche.

Il disparut dans la salle de bains, et, l'oreille tendue, Polly put suivre la progression de la séance de déshabillage : le bruit des bottes qui tombent sur le carrelage, celui de la fermeture à glissière de ses jodhpurs...

Tout ce qu'elle pouvait imaginer fit renaître son appréhension.

— Euh... peut-être ferais-je mieux de retourner dans ma chambre ! lui cria-t-elle à travers la porte entrouverte.

98

Pieds et torse nus, Raul parut aussitôt dans l'encadrement.

— C'est à vous d'en décider, Polly. Mais... sachez que je serais heureux que vous dormiez ici.

Polly demeura sans bouger, les yeux fixés sur les persiennes au travers desquelles la lumière de l'aube se faisait plus intense. S'enfuir vers sa chambre maintenant serait du dernier ridicule. Il valait mieux qu'elle reste. Elle alla s'allonger, écouta le bruit de la douche, puis ferma les yeux. Quelques minutes plus tard, Raul s'étendait à son côté et éteignait la lumière.

— Si vous dormez aussi près du bord, vous allez finir par tomber, *mi esposa* !

— Je ne voulais pas prendre trop de place. Après tout... c'est votre lit.

— Il ne tient qu'à vous qu'il devienne le vôtre.

Après un silence, Raul ajouta :

— Je suis vraiment désolé pour tout à l'heure, *gatita*. J'ai... manqué de tact.

Polly porta la main à son cœur. Il battait si fort qu'elle se demanda si Raul pouvait l'entendre.

— Je ne souhaite que votre bonheur, Polly.

Elle ferma les yeux, déglutit avec peine, et ne put s'empêcher d'ajouter :

— Et celui de Luis...

— *Dios*... le bébé ! Lorsque j'ai cru que vous vous étiez enfuie, je n'ai même pas pensé à vérifier où il était ! s'exclama-t-il, sincèrement étonné de ce constat.

Etait-ce possible ? Raul avait-il vraiment pensé à elle et uniquement à elle ? La vague d'émotion qui la submergea balaya ce qui lui restait de ressentiment. Soudain, elle n'était plus l'épouse imposée, la mère nécessaire à l'enfant qu'il avait ardemment désiré. Quand avait-il commencé à la considérer comme autre chose qu'une simple mère porteuse ? Peu lui importait la réponse maintenant. Le miracle avait eu lieu et son cœur débordait de bonheur.

— Je n'ai pas l'intention de m'enfuir..., dit-elle dans un souffle.

— Je comprends les raisons qui vous ont poussée à le faire quand vous étiez dans le Vermont, ou à la clinique...

— Vous accompagner ici représentait un défi tout aussi grand.

— Pour moi aussi, *querida*.

S'emparant de sa main, il l'attira lentement vers lui. Polly se retint de respirer. Elle était dans ses bras !

D'un doigt léger, il effleura le contour de ses lèvres. Il était tout à coup d'une douceur extrême comme s'il craignait de lui faire mal, de l'effaroucher.

— Je... j'étais nerveuse, tout à l'heure...

— Je ne vous ai jamais dit que vous aviez des yeux magnifiques ? répondit-il, comme si seul cela lui importait. C'est la première chose que j'ai remarquée, chez vous.

— Dans le Vermont ?

— Bien avant.

— Quand ?

— Sur la photo de vous que j'ai eue entre les mains lorsque vous avez postulé. Puis lors de votre premier entretien. J'étais là... à vous observer derrière une vitre sans tain.

— Tricheur ! lança-t-elle d'un ton accusateur, en vrillant son regard pervenche dans les yeux mordorés qui guettaient sa réaction.

— Seulement prudent !

Peu à peu, la chaleur de ce grand corps viril envahissait le sien. Elle inhalait jusqu'à l'ivresse l'odeur légèrement épicée de son eau de toilette.

— Embrassez-moi ! supplia-t-elle.

— J'ai envie de beaucoup plus. Je ne pourrai pas me contenter d'un baiser...

Polly sentait tout son corps trembler. Jamais elle n'avait éprouvé de telles sensations, mais jamais non plus elle n'avait fait le premier pas. Etait-ce ce que Raul attendait d'elle ? Elle ferma les yeux et posa ses lèvres sur les siennes. Comme il paraissait hésiter à répondre, elle glissa les mains derrière sa nuque et, les doigts dans ses cheveux, l'attira vers son visage.

— Dois-je prendre cela pour un accord ferme et définitif ? lui demanda-t-il, la bouche tout contre son oreille.

— Oui...

— C'est une grande première pour moi aussi, je l'avoue. Je n'ai encore jamais eu une vierge dans mon lit. Cela vous donne une importance toute particulière.

Polly laissa échapper un soupir d'agacement.

— Je ne saurai jamais quand vous plaisantez et quand vous êtes sincère !

— Seul un imbécile se permettrait de plaisanter la nuit de ses noces.

Alors, il lui prit enfin les lèvres, avec passion. Polly répondit de toute son âme à ce baiser brûlant. Accrochée à lui, elle s'offrait désormais sans restriction à ses caresses, vibrant de tout son corps. Lorsqu'ils durent se séparer pour reprendre leur souffle, Raul releva la tête et chercha son regard.

— Je savais qu'un jour tu aimerais mes caresses, *mi esposa*.

Il fallait encore qu'il souligne sa victoire, toujours prêt à marquer des points ! Elle s'apprêtait à riposter quand il lui reprit les lèvres. Alors elle n'eut plus qu'un désir : se laisser submerger par les sensations, toutes plus délicieuses les unes que les autres, qu'il faisait naître en elle.

Délaissant un instant sa bouche, il se mit en devoir de défaire les nœuds qui retenaient le déshabillé sur ses épaules.

— Je veux pouvoir te contempler, t'admirer, te caresser partout. Je veux goûter chaque centimètre de cette peau nacrée qui est la tienne. Lorsque j'aurai pu ainsi me rassasier, je m'enfoncerai en toi si profondément que tu ne sauras plus où tu commences et où je finis.

Les mots coulaient des lèvres de Raul comme des promesses d'horribles délices, déclenchant dans son corps des réactions inouïes. Une onde de désir montait de ses reins. Le volcan endormi, au plus profond d'elle-même, soudain se réveillait. Elle n'était plus que lave incandescente, gerbe d'étincelles.

De ses grands yeux devenus deux lacs insondables, elle observait, fascinée, les mouvements de Raul qui faisait lentement glisser le vêtement vaporeux le long de son corps, découvrant d'abord ses deux seins fermes avec leurs pointes dressées, impatientes...

— Raul...

— *Dios*... tu es exquise..., murmura-t-il, l'air émerveillé.

Le vêtement poursuivit sa lente descente le long de ses hanches, de ses cuisses, pour être finalement jeté à terre. Elle s'offrait nue au regard brûlant de Raul qui la contemplait comme si elle était la chose la plus précieuse au monde. Elle en était tout intimidée. Il avança la main et caressa délicatement son ventre, ses hanches, ses cuisses. La sensation était si délicieuse qu'elle mordit soudain les draps pour ne pas crier. Il sourit.

— Enfin, tu réagis ! J'en ai rêvé des jours et des nuits.

Il lui saisit le poignet.

— Ton pouls s'est s'accéléré. C'est excitant d'être regardée, admirée, caressée, désirée, n'est-ce pas ? Tu es surprise, *querida* ? Croyais-tu que j'allais me jeter sur toi comme un animal en rut et expédier la chose en deux minutes ? Non, ce n'est pas ainsi que j'aime faire l'amour.

— Non... ? répéta-t-elle dans un souffle.

Incapable de parler, de penser, elle se livrait à ses caresses sans la moindre honte, totalement à sa merci.

— Je veux te donner du plaisir, poursuivit-il. Je veux que tu passes le reste de tes journées à attendre le moment où je te caresserai de nouveau.

— Tu es ambitieux... dans tous les domaines !

— Toujours...

Il effleura des doigts ses mamelons durcis par le désir,

et cette fois, elle ne put retenir un cri. Elle voulut se redresser mais il lui reprit les lèvres avec passion. Haletants, ils brûlaient tous deux d'un feu qui les consumait. Il passa une main sous ses reins pour mieux la plaquer contre lui. Elle sentit alors la force de son désir et fut fière d'avoir, malgré sa totale inexpérience, réussi à l'enflammer ainsi. Bientôt, il abandonna ses lèvres pour les pointes de ses seins. Sa langue se jouait d'elle avec un talent consommé, lui arrachant des gémissements de plaisir.

Etait-ce bien elle qui criait ainsi sous ses caresses? Elle qui, en proie à un désir qui la dévorait tout entière, demandait plus?

— Patience, *gatita*, dit-il en relevant la tête. Nous avons tout notre temps. Nous ne sommes pas en train de faire une course contre la montre.

Polly leva sur lui un regard enfiévré.

— Je.. je ne savais pas que... que cela se passerait ainsi...

— Et ce n'est qu'un début... le meilleur reste à venir.

Lentement, pour ne pas l'effaroucher, il écarta ses cuisses pour une exploration plus intime, là où personne ne l'avait encore découverte, au cœur de son intimité. Elle le laissa faire. Il la caressa comme s'il connaissait très exactement les points qui lui feraient ressentir les sensations les plus exquises. Lovée contre lui, elle fut soudain secouée de sanglots tellement l'émotion était forte.

Raul la serra très fort contre lui en murmurant à son oreille des paroles apaisantes, puis il s'allongea sur elle et, avant même qu'elle pût ressentir la moindre appréhension, il la pénétra.

Alors qu'il s'enfonçait davantage, une souffrance brève et intense lui arracha un cri. Moins d'une seconde plus tard, un merveilleux sentiment de plénitude la submergeait. Il était en elle. Elle lui appartenait.

— J'espérais... j'espérais ne pas te faire mal, balbutiat-il.

Polly lui adressa un sourire lumineux, heureuse qu'il se soucie d'elle en ce moment tellement spécial, mais craignant déjà qu'il se retire.

— Reste en moi, Raul, surtout ne t'arrête pas...

Il s'enfonça au plus profond, et elle ferma les yeux, submergée par une onde de plaisir qui se propageait dans tout son corps. Unis dans un rythme venu de l'aube des temps, ils gravirent ensemble les degrés qui conduisent à la félicité suprême. Atteignant l'éblouissement final, elle cria son nom. Il se vida en elle, criant le sien.

Les yeux remplis de larmes tant son bonheur était intense, Polly le serra fort contre elle, l'entourant de ses bras. Elle en avait le droit maintenant. Il était à elle. Il lui appartenait. Elle constatait avec étonnement combien elle se sentait désormais proche de lui. Elle aurait voulu que cet instant d'intimité totale dure éternellement. Raul s'était montré un amant fantastique et, malgré son inexpérience, elle lui avait également procuré du plaisir, elle en était certaine. Cette pensée la réconfortait, lui donnait confiance en elle.

Alors qu'elle savourait pleinement leur étreinte, Raul se dégagea brusquement et roula sur le côté. Il se croisa les mains sous la tête, contempla le plafond, et lança d'une voix sarcastique :

— Tu vois, il n'est nullement nécessaire d'aimer pour avoir du plaisir.

Polly se figea, mais réussit à riposter.

— Ce commentaire était-il vraiment nécessaire ?

— J'espère m'être fait comprendre.

— C'était on ne peut plus clair.

Sa souffrance était telle qu'elle éprouva le désir de faire mal à son tour.

— Excuse-moi d'avoir paru étonnée... Ce commentaire n'était pourtant pas surprenant dans la bouche de quelqu'un qui n'a jamais été capable d'éprouver le moindre sentiment. Tu me déçois, naturellement, mais as-tu été capable d'autre chose depuis le jour de notre rencontre ?

Raul se dressa sur un coude et ses yeux noirs lancèrent des éclairs.

— C'est vraiment là ce que tu penses?

Sans plus se soucier de sa nudité, Polly jaillit hors du lit et se baissa pour ramasser son déshabillé qu'elle passa avec des mains tremblantes.

— C'est très exactement ce que je pense et je veux que tu saches une chose : jamais je ne me prostituerai pour la fortune des Zaforteza. Tu es un mari à l'essai, Raul...

Raul jaillit du lit à son tour et vint se planter devant elle.

— Un mari à l'essai! Voudrais-tu avoir l'obligeance de m'expliquer ce que cela signifie?

— Tu es à l'essai pour cinq mois.

— Comment cela *pour cinq mois*? Que se passera-t-il alors?

— Alors j'hériterai de l'argent que m'a laissé ma marraine et je serai libre de choisir de ne plus vivre dans cette misère...

— Vivre dans la misère!

— La misère affective. La pire qui soit. On ne m'achète pas avec des diamants, Raul. Ce n'est pas cela qui me rendra heureuse. Mon idée du bonheur est tout autre. Elle est faite de respect, de tendresse, d'affection, de toutes ces choses que tu sembles incapable de donner.

— Comment peux-tu affirmer une chose pareille?

— « Il n'est pas besoin d'aimer pour avoir du plaisir. » Ce sont tes propres termes. Pas d'engagement. Ne pas s'impliquer dans la relation. C'est ce que tu as toujours voulu, n'est-ce pas?

Il lui tourna le dos et se dirigea vers une commode dont il extirpa un jean qu'il enfila avec des gestes brusques. De toute évidence, il était furieux.

— Quelles que soient mes imperfections, reprit-elle, je ne méritais pas d'être traitée comme un simple objet de plaisir. Tu es beaucoup plus que cela pour moi, Raul, et tu le sais depuis notre première rencontre.

Il se raidit mais, tel un torrent, les mots coulaient de la bouche de Polly sans qu'elle pût les arrêter.

— Tu sais ce que j'éprouve pour toi. Tu l'as toujours su. Je t'aime à en mourir et tu l'as compris bien avant moi. Si tu étais capable du moindre respect d'autrui, tu aurais disparu de mon horizon dès notre rencontre dans le Vermont. Tu savais mieux que moi pourquoi je désirais ce mariage. Mais tu as préféré me dépeindre à ton ami Digby comme une coureuse de dot. Tu m'as accusée de chantage en prétendant que j'utilisais notre fils pour t'obliger à me passer la bague au doigt. Tu es ignoble.

Réprimant à grand-peine les tremblements qui agitaient tout son corps, Polly se dirigea vers la porte.

— *Dios*... ne me demande pas de te donner ce dont je ne suis pas capable ! lança Raul dans son dos.

— Essaye au moins de me respecter, ce ne sera déjà pas si mal ! Sinon, je crains fort de perdre l'amour que j'ai pour toi. L'amour est un sentiment fragile qui demande à être entretenu pour durer. Etre considérée comme un simple objet de plaisir ne m'incite guère à faire des efforts dans ce sens.

Sans un regard, Polly quitta la chambre et referma la porte derrière elle. Curieusement, elle n'avait plus envie de pleurer. Elle se sentait étrangement libérée, comme si tout ce qui venait d'être dit avait soulagé son cœur d'un poids qu'elle n'aurait pas pu porter plus longtemps.

Dans la lumière de l'aube grandissante qui filtrait à travers les persiennes, elle s'allongea sur son lit, anéantie. Pourquoi avait-il fallu que Raul détruise en quelques mots ce moment de bonheur total qu'elle avait éprouvé ? Alors qu'elle repensait à cette scène douleureuse, la porte s'ouvrit brusquement et il pénétra dans la chambre.

— J'ai fait des erreurs, c'est vrai, lança-t-il d'une voix glaciale, mais au moins ai-je le courage de les reconnaître, contrairement à toi.

— Que veux-tu dire par là ?

— Tu m'as reproché ma conduite dans le Vermont,

mais comment qualifies-tu la tienne ? Si tu avais été la femme honnête que tu te targues d'être, tu m'aurais avoué que tu étais enceinte, lorsque nous nous sommes rencontrés. Or, tu ne l'as pas fait. Tout comme moi, tu as caché la vérité. En ce qui concerne le mensonge par omission, nous sommes à égalité, ne crois-tu pas ?

Les joues de Polly s'embrasèrent. Il avait raison. Elle ne lui avait rien dit. Elle avait eu trop peur qu'il éprouve une sorte de dégoût en apprenant qu'elle avait décidé de devenir mère porteuse... en réponse à une petite annonce.

La confusion la rendait muette.

— Aurais-tu soudain perdu ta verve ? Ou peut-être n'y a-t-il rien à répondre ? Quant à ce qui s'est passé entre nous... crois-tu vraiment que je sois accouru vers toi uniquement pour assouvir mes besoins sexuels ? Crois-tu sérieusement que j'aie pu être en manque à ce point ? Non, je suis venu parce que j'avais compris que ma place était auprès de toi, et que nous avions, ensemble, un avenir à construire.

Il fit une pause pour reprendre son souffle avant de lancer la salve finale :

— Et crois-tu que menacer de me quitter dans cinq mois va contribuer à consolider notre mariage ?

Polly se recroquevilla au fond du lit comme sous l'effet d'une gifle.

— Voilà, j'espère, de quoi alimenter ta réflexion dans les heures à venir, ajouta-t-il. Surtout, prends ton temps pour me donner ta réponse, je ne suis pas pressé.

Sans attendre qu'elle réagisse, il avait quitté la pièce.

9.

Le haras était une installation impressionnante située à plus d'un kilomètre de l'*estancia*. Polly installa confortablement Luis dans sa poussette et s'engagea sur le ruban d'asphalte qui y conduisait, s'efforçant de ne pas avoir l'air d'une épouse en quête de son mari. Depuis trois jours, on pouvait compter sur les doigts d'une main les moments que Raul avait passés en sa compagnie.

Après leur terrible querelle, Polly avait pensé qu'il aurait mis des kilomètres entre eux. Il n'en avait rien fait, mais il l'évitait. Etant donné la superficie de la propriété, c'était chose facile. On pouvait vivre là des semaines sans jamais se rencontrer.

Au rez-de-chaussée de la maison principale, un ensemble de pièces servait de bureaux. Toute la journée, des hélicoptères atterrissaient et décollaient d'une aire prévue à cet effet. Il semblait que les collaborateurs de Raul utilisaient ce moyen de transport comme d'autres prennent l'autobus. Quant à Raul, il se levait à l'aube, sortait à cheval, et ne rentrait même pas pour le petit déjeuner. Le reste de la journée, pris par ses affaires, il ne quittait pas son bureau. Chaque soir cependant, il partageait avec elle un dîner — hélas des plus formels — dans la salle à manger.

Bien qu'assis à la même table, un océan les séparait. Raul n'avait nul besoin de s'éloigner pour la tenir à distance. Il se montrait courtois, s'enquérait poliment de ce qu'elle avait fait dans la journée et des progrès de Luis. Il la traitait comme une invitée avec laquelle, malheureusement, il ne pouvait passer trop de temps. Et, surtout, il la laissait dormir seule dans sa nouvelle chambre !

Enfin elle l'aperçut, appuyé contre une barrière du haras, en grande conversation avec un homme aux cheveux blonds. Son cœur se mit à battre plus fort. Raul avait grande allure avec son polo noir et ses jodhpurs qui soulignaient sa taille fine et ses cuisses musclées. Il se dégageait de lui une force et une autorité indéniables qui, comme d'habitude, ne manquèrent pas de l'intimider.

A son approche, les deux hommes interrompirent leur conversation.

— Luis et moi avons décidé de faire une promenade, dit-elle d'un ton badin.

Raul se détacha de la barrière et lui présenta son interlocuteur.

— Voici Patrick Gorman. Il s'occupe des chevaux.

— Ravi de faire votre connaissance, madame Zaforteza.

— Vous êtes anglais ! s'exclama Polly, ravie. Je reconnais votre accent... laissez-moi deviner : Newcastle ?

— Gagné !

— Je suis née à Blyth, mais mes parents sont venus s'installer dans le Sud lorsque j'avais six ans.

— Oh... je vois. Cela explique que vous n'ayez pas d'accent.

Patrick Gorman l'avait enveloppée d'un long regard appréciateur. Il lui sourit puis se pencha sur la poussette de Luis, qui dormait à l'abri de son parasol.

— Les bébés me fascinent ! Ils paraissent si petits, si fragiles...

Polly lui fut reconnaissante d'alimenter la conversation et se hâta de préciser :

— De l'avis même de son pédiatre, Luis est grand pour son âge.

— Ma nièce vient juste d'avoir un an. A cet âge, les enfants sont des explorateurs infatigables !

Polly couva son fils d'un regard attendri.

— Pour Luis, l'unique préoccupation est encore de manger et dormir.

— Le calme avant la tempête ! lança Patrick Gorman d'un air averti. Votre mari vient de me dire qu'il avait quelques appels urgents à passer. Si vous le désirez, je peux vous servir de guide.

— C'est moi qui aurai ce plaisir ! trancha Raul aussitôt. Mes coups de fil peuvent attendre.

Saisissant d'autorité le bras de Polly, il l'éloigna de son compatriote.

— Que se passe-t-il ? demanda-t-elle, inquiète.

— En moins de deux minutes, tu as échangé avec cet étranger plus de phrases qu'avec moi en trois jours. Un conseil, tiens-toi à distance de cet homme !

— Mais pourquoi ?

— Il te faisait du charme.

— Pas du tout ! Je l'aurais remarqué, voyons. D'ailleurs, il s'est surtout intéressé à Luis.

— Pour mieux te conquérir.

Raul changea brutalement de ton.

— En fait, j'attendais ta visite dans ce lieu beaucoup plus tôt. On dit que les Anglais sont tous des passionnés de chevaux. Tu montes à cheval, bien entendu !

— C'est-à-dire que...

— Toutes les Anglaises que j'ai connues étaient de merveilleuses cavalières, et les chevaux sont ma passion. Cela nous fera au moins un point commun.

— Je... je manque un peu de pratique !

En fait, elle n'était jamais montée à cheval de sa vie, mais craignit que cet aveu ne lui attirât le mépris de Raul. Hélas, sa supercherie risquait d'être bien vite découverte. « Je prendrai des leçons ! » se dit-elle. Apprendre à monter à cheval ne devait pas être si difficile que cela !

Raul lui fit visiter les boxes et elle s'évertua à maîtriser sa peur. Elle copiait chacun de ses gestes lorsqu'un cheval tendait la tête vers eux, quémandant une caresse. Il lui parla longuement et avec flamme d'une race unique qu'il élevait ici, au ranch, ainsi que des matches de polo qu'il organisait parfois. Il aurait tout aussi bien pu lui parler en espagnol tant elle était inculte dans ce domaine. Mais son enthousiasme était communicatif. Aussi vibra-t-elle chaque seconde avec lui, rassérénée de le voir aussi joyeux et détendu.

Soudain, Raul lui sourit.

— Tu sembles heureuse, aujourd'hui, *querida*.

Surprise de cette attention soudaine, son pouls s'accéléra. Elle sentit sa bouche se dessécher, et s'humecta les lèvres en un mouvement de langue que Raul ne manqua pas de remarquer. Il semblait fasciné. Dans l'air étouffant, la tension monta brusquement. Une vague de désir la surprit par son intensité. Son émoi ne passa pas inaperçu. Raul, une étrange lueur dans les yeux, s'approcha d'elle et l'attira contre lui.

— Tu trembles, murmura-t-il à son oreille.

Il tremblait, lui aussi. Il se pencha vers sa bouche et l'embrassa avec passion. Le monde extérieur cessa brusquement d'exister. Il n'y avait plus que ces lèvres sur les siennes, ce corps contre le sien. Il la désirait! Les barrières du dédain venaient de s'effondrer. Elle n'était plus la plante d'ornement que l'on remarque à peine, la visiteuse que l'on tient à distance. Elle était une femme qu'il voulait posséder. Le membre viril palpitait contre son ventre. Raul la désirait, et cette fois, elle saurait s'en contenter. Il la libéra pour reprendre son souffle, et lâcha d'une voix altérée:

— Je viendrai te chercher aux environs de 3 heures. Tiens-toi prête, je t'emmène en pique-nique. Nous laisserons Luis à la maison.

Un cri de protestation s'éleva de la poussette et Raul éclata de rire. Rempli de fierté, il contempla le bébé qui se réveillait et laissa échapper un soupir de satisfaction:

— Notre fils est une pure merveille. Dommage que nous ne l'ayons pas conçu comme les autres le font.

Polly rougit jusqu'à la racine des cheveux.

— On ne peut pas revenir en arrière...

— Certes, mais on peut construire l'avenir. Le prochain sera conçu dans la grande tradition, je te le promets.

Tandis qu'une vague de bonheur submergeait le cœur de Polly, Raul enchaîna :

— Je vais te faire raccompagner en voiture jusqu'au ranch. Le soleil, ici, est très dangereux et je ne voudrais pas que tu t'exposes à une insolation.

En arrivant dans sa chambre, la jeune femme trouva une domestique en train de suspendre des vêtements inconnus dans sa penderie. Elle s'approcha, caressa les superbes étoffes, remarqua les étiquettes. Uniquement des marques renommées ! Sans lui demander son avis, Raul lui avait acheté une nouvelle garde-robe ! S'emparant d'une robe fluide de la couleur de ses yeux, elle la tint un instant devant elle et contempla son reflet dans le miroir : jamais, de toute sa vie, elle n'avait porté de vêtements aussi beaux... ni aussi courts !

Un sourire fleurit sur ses lèvres. Elle voguait sur un nuage. *La prochaine fois*..., avait dit Raul. Ces mots sonnaient comme une promesse d'avenir pour leur mariage. Elle revêtit la robe bleu pervenche et esquissa quelques pas de danse devant le miroir. Puis elle se mit en quête de la gouvernante pour se procurer la clé de la curieuse maison, dotée de tours, qui ne cessait de l'intriguer. La veille, elle s'y était aventurée et l'avait trouvée hermétiquement close. Il lui restait deux heures à attendre, qu'elle avait l'intention d'occuper au mieux.

— Personne ne se rend plus jamais là-bas, *señora* ! lui dit la gouvernante avant d'ajouter quelques mots incompréhensibles à propos d'*el patron*...

Polly insista et finit par obtenir la clé. L'endroit excitait trop sa curiosité pour qu'elle renonçât à l'explorer.

⁕⁕

La clé tourna dans la serrure et, sous sa poussée, l'énorme porte gothique s'ouvrit en grinçant. Elle pénétra alors dans une vaste pièce aux meubles couverts de poussière. Le papier des murs était défraîchi et les rideaux tombaient en lambeaux. Toutes les pièces du rez-de-chaussée étaient dans le même état. Qu'était-il arrivé à ceux qui les avaient habitées ? Ils semblaient être partis, un jour, pour ne jamais plus revenir. Polly emprunta l'escalier qui menait à l'étage supérieur. Elle traversa une chambre immense, meublée avec goût mais tout aussi poussiéreuse que les précédentes, et s'arrêta, le cœur battant, sur le seuil de la pièce suivante. C'était une chambre d'enfant. Des voitures miniature abandonnées sur les étagères côtoyaient des photos jaunies par le temps. Il régnait sur l'ensemble un silence de mort. C'était sinistre.

Elle examina les photos. Sur l'une d'elles, elle reconnut le père de Raul au côté de son épouse, la blonde Yolanda ; un portrait semblable à celui qui trônait dans le salon de la demeure familiale. Un autre, en revanche, éveilla sa curiosité. On y voyait une ravissante femme aux longs cheveux bruns qui tenait un enfant dans ses bras. Ses magnifiques yeux noirs lui rappelaient... ceux de Raul.

Un bruit de pas dans l'escalier poussa Polly à sortir de la pièce. Elle se retrouva en face de Raul qui arrivait, toujours en tenue de cavalier, essoufflé par sa course.

— Par tous les diables de l'enfer, que fais-tu ici ? s'exclama-t-il d'une voix rageuse.

La violence de sa réaction la poussa à se défendre :

— Rien de mal, protesta-t-elle. Cette étrange construction a éveillé ma curiosité, voilà tout. Qui a vécu ici ?

Après un instant d'hésitation, Raul finit par lui répondre, mal à l'aise.

— Moi. J'ai vécu dans cette maison avec ma mère jusqu'à l'âge de neuf ans.

Polly lut au fond des prunelles sombres une souffrance qui lui serra le cœur.

— Tes parents s'étaient donc séparés?

Raul éclata d'un rire qui lui glaça le sang.

— Ma mère était la maîtresse de mon père, pas sa femme!

Polly vacilla sous le choc.

— Mais... mais la femme blonde sur le portrait, dans le salon...

— Elle, c'est Yolanda. Celle qu'il a épousée.

Comme elle ouvrait de grands yeux, Raul consentit à lui en dire davantage. Sa mère, Pilar, la fille d'un *llanero* qui travaillait dans un ranch voisin, était enceinte d'Eduardo Zaforteza lorsque ce dernier épousa la fille d'un riche magnat du pétrole.

— Yolanda découvrit l'existence de ma mère et ferma à clé la porte de sa chambre, fournissant ainsi un prétexte à mon père pour nous faire vivre ici, dans cette maison. Lorsque ma mère mourut, il décida de m'adopter officiellement.

— Quel âge avais-tu?

— Neuf ans. Ma mère s'est noyée dans la piscine qui jouxtait autrefois la maison, un jour qu'elle avait bu plus que de coutume. Cela lui arrivait souvent. Ce que mon père appelait *amour* a fini par la détruire. En fait, il a détruit chacun d'entre nous.

Polly aurait voulu prendre Raul dans ses bras et le serrer contre elle.

— Yolanda n'a pas eu d'enfants? s'enquit-elle d'une voix douce.

— Elle a fait plusieurs fausses couches. La porte de sa chambre n'était pas toujours fermée à clé. Les deux femmes étaient en compétition, et cela amusait mon père. Lorsque l'atmosphère devenait irrespirable, il quittait les lieux, les laissant régler leurs différends entre elles. Yolanda et lui sont morts dans un accident d'avion, il y a dix ans.

Bouleversée par ces confidences, Polly ne pouvait détacher son regard du visage tourmenté de Raul. De combien de scènes atroces avait-il été le témoin impuissant lorsqu'il était enfant? Une mère alcoolique, une belle-mère haineuse, un père totalement irresponsable. Comment, dans ces conditions, aurait-il pu croire à l'amour et aux liens sacrés du mariage?

— Tu devrais remettre cet endroit en état, Raul!

Il haussa les épaules, d'un air las.

— Personne n'y vient jamais depuis la mort de mon père. Il aimait à s'y retirer lorsqu'il lui arrivait d'être mélancolique.

— Alors laisse-moi m'en occuper, tu veux bien?

— Si cela te fait plaisir...

Au grand soulagement de Polly, un sourire réapparut sur les lèvres de Raul et une lumière s'alluma au fond des prunelles sombres. Son hostilité avait fait place à une gaieté presque juvénile.

— Alors, les vêtements sont arrivés? Je les ai choisis moi-même lors de mon séjour à Caracas. Est-ce qu'ils te plaisent?

— Ils sont magnifiques!

— J'espère qu'ils te suffiront jusqu'à ce que tu ailles faire tes propres achats. Pour le moment, ne pensons plus qu'à notre pique-nique.

Une fois chargé le panier de victuailles préparé à leur intention dans le coffre de la voiture, Raul se mit au volant du véhicule tout-terrain et ils prirent la route asphaltée, qu'ils abandonnèrent rapidement pour un chemin de terre caillouteux. Bientôt, le chemin lui-même finit par disparaître. Ils roulèrent alors sur l'herbe, laissant derrière eux toute trace de civilisation. Il ne s'offrait plus à leurs regards, se déroulant à l'infini, que la vaste plaine parsemée, çà et là, de bouquets d'arbres remplis d'oiseaux d'espèces inconnues de Polly.

Le ciel sans nuage était d'un bleu turquoise et le soleil dardait ses rayons de feu sur l'immense étendue herbeuse. Polly imaginait la vie des *llaneros*, ces hommes qui passaient leur vie à cheval dans ces vastes plaines d'une fascinante beauté.

— Où allons-nous ? demanda-t-elle.

— Sois patiente et tu ne seras pas déçue.

Bientôt, Raul arrêta le moteur et sauta hors de la voiture. Polly n'apercevait rien d'autre qu'un bouquet d'arbres. Raul sortit leur pique-nique du coffre, puis il la prit par la main et l'entraîna au-delà des arbres. Elle poussa une exclamation de surprise. Devant eux s'étendait une vallée jusque-là dissimulée par le bosquet. D'un groupe de rochers jaillissait de l'eau qui retombait ensuite en cascade jusque dans un lac d'une transparence extrême. Ils s'installèrent sur la rive, à l'ombre des arbres.

— C'est magnifique, absolument paradisiaque ! s'extasia Polly.

— Ma mère m'emmenait souvent ici lorsque j'étais petit. Elle adorait ce lieu. Je soupçonne même que c'est ici que j'ai été conçu.

— As-tu encore de la famille ?

Le visage de Raul se ferma.

— Oui. Mon grand-père Fidelio, le père de ma mère. Un homme à l'orgueil incommensurable. Il n'a jamais admis la faute de sa fille et, à ses yeux, je n'existe pas. Je lui ai toutefois annoncé la naissance de Luis, la semaine dernière. Qu'il le veuille ou non, cet enfant est son arrière-petit-fils !

La voix de Raul avait des accents si douloureux que, dans un geste impulsif, Polly posa les mains sur ses épaules et l'obligea à s'allonger. Il se laissa faire en lui adressant néanmoins un regard étonné.

— Et moi qui avais l'intention de me conduire en gentleman ! s'exclama-t-il. Je m'étais fait la promesse d'attendre la fin du repas, mais puisque tu sembles tellement impatiente...

De toute évidence, il s'était mépris sur son geste, mais Polly n'en conçut pas le moindre regret. Quand il l'entoura de ses bras et l'attira vers lui, elle comprit qu'elle n'avait vécu ces derniers jours que dans l'attente de cet instant. Son corps épousait chaque ligne du corps de Raul. Les yeux fermés elle suivit avec délices la progression des mains qui faisaient descendre la fermeture à glissière de sa robe, puis la caresse du tissu qui glissait lentement le long de ses épaules, découvrant ses seins, tendus de désir dans leur prison de dentelle.

— Tu es si belle, *gatita* ! murmura Raul dans un souffle.

Un bonheur immense la submergea tout entière. Raul la trouvait belle ! Il la désirait de nouveau. Elle se redressa à demi, offrant son buste à la morsure du regard éperdu de celui qu'elle retrouvait enfin. Raul, dans un long gémissement, tendit sa bouche avide vers la pointe dressée de ses seins. Ses baisers de lave lui arrachèrent un cri. Alors, il la fit rouler sous lui avant de se relever d'un bond. Les mains tremblantes d'émotion, il arracha plus qu'il n'ôta ses vêtements, sous le regard fasciné de Polly qui ne pouvait quitter des yeux ce corps bronzé et athlétique, d'une beauté éblouissante.

Lorsqu'il se laissa tomber à son côté, elle n'était plus que désir. Un feu ardent la consumait. Il lut l'appel muet au fond de ses yeux éblouis et s'allongea sur elle. Leur baiser, ardent et passionné, les laissa haletants. Alors, Raul se dressa sur un coude, reprit lentement son souffle, et lui avoua :

— Un soir encore à te regarder assise à l'autre bout de la table et je ne répondais plus de rien !

— Je ne comprends pas...

— J'ai vécu un véritable enfer. Jamais, de toute ma vie, je n'ai connu pareille frustration. Dès que je me retrouve à tes côtés, je deviens fou de désir. Tout à l'heure, j'ai failli te faire l'amour dans l'écurie.

Comme elle ouvrait de grands yeux étonnés, il ajouta :

— Je te désire tellement que je suis incapable de penser à quoi que ce soit d'autre.

Polly était émue aux larmes. Jamais, même dans ses rêves, elle n'avait osé imaginer que Raul éprouvât un tel désir pour elle. Levant une main tremblante vers son visage, elle lui caressa la joue.

— Moi aussi, je te désire à en mourir, avoua-t-elle d'une voix vibrante de passion. Aime-moi, Raul...

Raul accéda à sa prière et ils firent l'amour comme si leur vie en dépendait. Accrochés l'un à l'autre, ils voguèrent sur un océan de délices jusqu'à l'extase finale qui les laissa pantelants et épuisés. Ils s'endormirent serrés l'un contre l'autre.

Lorsque Polly rouvrit les yeux, Raul était étendu à son côté, endormi. Ses longs cils faisaient une ombre sur sa joue. Il semblait si calme, si apaisé, qu'elle ne se lassait pas de le contempler. On aurait dit un ange. Elle ne put résister à l'envie de lui caresser la joue.

Il ouvrit les yeux et elle sursauta, tel un voleur pris en flagrant délit. Mais Raul lui sourit et se saisit de son poignet pour y déposer un baiser.

— Je ne me suis jamais senti aussi bien, lui confia-t-il.

Et jamais Polly n'avait entendu chose aussi douce à son cœur.

Raul emprisonna sa main dans la sienne.

— Que dirais-tu d'avoir un autre bébé dans neuf mois ? demanda-t-il.

Polly resta sans voix. Alors il ajouta :

— Je n'ai pris aucune précaution.

Un autre bébé ! Elle avait bien entendu : Raul voulait un autre bébé ! Soudain, une terrible angoisse la saisit. Elle avait retrouvé sa sveltesse depuis la naissance de Luis, et c'est ainsi que Raul l'avait aimée. Que se passerait-il lorsqu'elle serait de nouveau aussi grosse qu'un éléphant ? Raul ne parut pas s'émouvoir de sa question. Il lui entoura les épaules de son bras et la serra contre lui.

— A mes yeux, tu n'as jamais été grosse, mais seulement superbe ! Le soir où je t'ai retrouvée et conduite à la clinique, tu étais pour moi la plus belle des femmes... et aussi la plus tentante !

Polly retint sa respiration.

— Tentante... ? bredouilla-t-elle.

— Terriblement sexy...

Elle le dévisageait sans savoir s'il était sérieux ou non. Mais il avait l'air tellement sincère qu'elle lui sourit. Cependant, elle ne tenait pas à aborder ce sujet — grave entre tous.

Après le merveilleux moment qu'ils venaient de vivre, le risque était trop grand qu'ils se disputent de nouveau. Aussi préféra-t-elle l'éluder.

— Tu sais, Raul, le corps d'une femme qui vient de mettre un enfant au monde a besoin d'un certain temps pour recouvrer sa fécondité. Peut-être n'avons-nous couru aucun risque...

Raul l'écouta attentivement, puis lança un regard à sa montre.

— *Caramba!*... s'exclama-t-il, il se fait tard et nous avons des invités ce soir. Vite, rhabillons-nous et rentrons !

Encore sous le coup de leur étreinte passionnée et de leur discussion, Polly en oublia de se mettre en colère. Elle aurait pourtant eu toutes les raisons de le faire. Pourqui ne lui annonçait-il que maintenant qu'ils avaient des invités le soir même ?

— Tu ne m'as rien dit, Raul. Je ne sais même pas qui nous recevons.

— Eh bien, il y aura Melina D'Agnolo et...

Empêtrée dans son chemisier, Polly vacilla sur ses jambes et Raul dut la retenir pour lui éviter de tomber.

— *Dios mío, mi esposa...* quelque chose ne va pas ?

— Non, non, tout va bien... Juste un peu de fatigue.

— Melina est notre voisine la plus proche. Elle est née sur ces terres. Elle viendra avec les Drydon, des amis communs. Patrick Gorman se joindra également à nous.

— Je... j'en suis ravie...

Raul semblait parfaitement à l'aise. Inviter sa maîtresse

à dîner était sans doute la chose la plus naturelle au monde à ses yeux... Il avait renfilé ses bottes, saisi le panier de pique-nique — auquel ils n'avaient finalement pas touché — et lui tendait la main pour s'élancer avec elle vers la voiture. Remarquant les cernes qui soulignaient ses yeux, il lui lança :

— Je suis une brute, *gatita*, mais... c'était vraiment merveilleux !

Polly ne l'écoutait plus. Son esprit était focalisé sur Melina D'Agnolo, leur *voisine la plus proche*. Ainsi, la prairie qui s'étendait autour d'eux et semblait totalement inhabitée abritait en fait ce serpent venimeux, que Raul, ce soir, lui imposait de recevoir.

Elle comprit alors ce que pouvait être l'enfer.

10.

Les invités arrivaient, accueillis dans le hall par le maître et la maîtresse de maison. Un sourire radieux sur ses lèvres pulpeuses, Melina D'Agnolo s'avança vers eux et prit les mains de Polly dans les siennes, lançant d'une voix ostensiblement chaleureuse :

— Je suis si heureuse pour vous deux !

Quel talent ! pensa Polly, impressionnée malgré elle par la performance de celle qu'elle avait surnommée « le serpent ». Epoustouflante dans une robe de dentelle noire qui moulait sa superbe silhouette comme une deuxième peau, la Condesa posa une main aux ongles carminés sur le bras de Raul et entreprit de lui raconter — en espagnol — une histoire qui parut beaucoup l'amuser.

Polly n'avait aucune envie de rire. Tout à l'heure devant le miroir de sa chambre, elle s'était trouvée infiniment séduisante dans sa robe de satin rouge qui laissait ses épaules dénudées. Mais la vue de son éblouissante rivale venait de lui déclencher la plus horrible des migraines.

Rob Drydon et sa femme Susie, tout deux originaires du Texas, parlaient chevaux avec Patrick Gorman. Au moment de passer à table, Melina s'accrocha au bras de Raul et Polly se retrouva seule, à l'arrière. Soudain, Patrick surgit à son côté.

— La Condesa va chercher à vous réduire en miettes, lança-t-il à voix basse. Ne la laissez pas faire, Polly. Défendez-vous !

La jeune femme fixa sur lui de grands yeux étonnés.

— La scène qu'elle vous a jouée le jour de votre arrivée a offusqué tous les domestiques. Ils n'ont parlé que de cela pendant trois jours. Sans toutefois en informer leur patron. Il est le seul à ignorer l'accueil qui vous a été réservé.

— J'ai moi-même jugé inutile de l'ennuyer avec cette histoire.

— Vous avez eu tort. Si vous l'en aviez informé, Melina D'Agnolo ne serait pas ici ce soir !

Comme Patrick lui avançait sa chaise, Polly leva les yeux et rencontra ceux de Raul, à l'autre extrémité de la table. Le regard fixe qu'il braquait sur elle ne fit qu'accroître sa nervosité. Elle s'empara de son verre, rempli d'un excellent vin, et le vida d'un trait.

— Raul m'a intimé l'ordre de vous choisir une monture, lui annonça Patrick.

Polly faillit s'étouffer avec sa dernière gorgée. Elle toussa, reposa son verre, et lança à son interlocuteur un regard implorant.

— Pouvez-vous garder un secret, Patrick ?

Il acquiesça avec sérieux. Elle se pencha vers lui et lui glissa à l'oreille :

— J'ai menti à Raul.

Il eut l'air très surpris.

— A quel sujet ?

— Je ne suis jamais montée à cheval de ma vie.

Patrick partit d'un rire joyeux.

— Ne soyez pas égoïstes, intervint alors Raul d'une voix cinglante. Faites-nous partager votre hilarité.

— Je... je ne suis pas certaine que vous trouveriez cela très drôle, balbutia Polly, écarlate.

Une grimace de dédain déforma la bouche carminée de Melina.

— Il est vrai que l'humour anglais nous est souvent totalement hermétique !

Patrick sourit.

— Tout comme le sont, pour nous, vos mélos à épisodes.

Cette repartie mit fin à l'incident et le dîner suivit son cours.

Plus tard dans la soirée, Patrick réussit à lui glisser à l'oreille :

— Venez au haras demain matin, à partir de 6 heures. C'est l'heure à laquelle Raul part effectuer sa sortie à cheval. Nous serons tranquilles et je pourrai vous donner votre première leçon.

Polly lui adressa un regard rempli de gratitude.

— Vous êtes mon sauveur.

Après le repas, alors qu'ils s'installaient tous dans le salon pour un dernier verre, Melina prit place à côté de Polly, un large sourire aux lèvres. D'une voix suffisamment forte pour que tout le monde puisse l'entendre, elle lança :

— Et si vous me parliez un peu de vous, ma chère Polly...

Puis elle s'enfonça dans le divan de telle sorte que sa robe remonte et révèle ses longues jambes fuselées.

— Comment vivez-vous votre nouvelle vie d'épouse ?

— On ne peut mieux, lui assura Polly en vidant encore d'un trait le verre que l'on venait de lui servir. Elle espérait que l'alcool lui donnerait la force de supporter sans flancher la présence du serpent à son côté.

Melina fronça les sourcils.

— Vous paraissez aimer beaucoup l'alcool, Polly. Raul, lui, l'a en horreur. Il ne boit jamais.

Devant l'air surpris de Polly, elle s'exclama :

— Vous l'ignoriez ? Cela me surprend. C'est une composante tellement essentielle de la personnalité de votre mari !

Polly serra le verre vide à le briser. Melina ne frappait pas au hasard. Et elle connaissait Raul mieux qu'elle, c'était évident.

— Laissez mon mari tranquille ! lui intima Polly à voix basse.

— Raul m'appartient et vous n'y pouvez rien, lui rétorqua Melina sur le même ton. Lui avez-vous fait une scène lorsqu'il est rentré de chez moi, l'autre nuit ?

Polly se figea.

— J'avoue que je n'attendais pas sa visite aussi tôt, poursuivit Melina, sarcastique. C'était votre première nuit ensemble à l'*estancia* n'est-ce pas ? Que Raul vienne la passer avec moi m'a beaucoup surprise.

— Vous mentez !

Polly en était certaine. Cette femme mentait ! Cette première nuit avait été leur nuit de noces, même si elle s'était soldée par un douloureux fiasco. Jamais Raul ne l'aurait passée dans le lit de sa maîtresse ! Pourtant, il avait quitté la maison pour ne revenir qu'à l'aube, les vêtements maculés de boue. « Je suis allé rendre visite à notre voisin le plus proche », avait-il dit alors. Ce pouvait-il que ce voisin fût, en fait, une voisine : Melina D'Agnolo ?

— Vous n'avez de toute évidence pas pu le satisfaire et il est venu vers moi, poursuivait cette dernière avec acharnement. Raul a besoin d'une vraie femme, pas d'une femme-enfant !

Comme Raul s'approchait, la Condesa prit une voix pleine de compassion.

— J'espère sincèrement que la prochaine fois que nous nous verrons, vous irez mieux, ma chère Polly. Mais, un conseil, laissez tomber l'alcool, il ne règle pas les problèmes.

Sur ces mots, elle se leva pour prendre congé, donnant ainsi le signal du départ. Raul se pencha vers Polly, lui prit des mains le verre vide et lui ordonna d'une voix glaciale :

— Surtout n'essaie pas de te lever ! Je doute que tu tiennes encore sur tes jambes. Je me charge de raccompagner nos invités.

Les Drydon exprimèrent leurs regrets à la maîtresse de maison pour son indisposition qu'ils souhaitèrent passagère. Patrick s'attarda auprès d'elle.

— Pourrez-vous venir aux écuries demain ? lui demanda-t-il d'un air soucieux.

Polly le rassura avant de prendre congé.

Quelques minutes plus tard, Raul était de retour. Il s'agenouilla près d'elle, plein de sollicitude. Comme elle éclatait en sanglots, il la prit dans ses bras en lui murmurant des paroles apaisantes.

— Ma tête va exploser, se lamenta-t-elle, effondrée.

— L'alcool produit souvent cet effet ! gronda-t-il avant de la soulever dans ses bras.

Il la porta jusqu'à leur chambre et la déposa doucement sur le lit.

— Ne bouge pas, je vais te chercher un cachet.

Lorsqu'il revint avec un analgésique et un verre d'eau, Polly lui demanda :

— Tu es en colère ?

— Tu t'en es finalement aperçue ! Tu n'as cessé de flirter avec Patrick Gorman.

— Je ne flirtais pas ! Patrick s'est conduit en parfait gentleman. Il est prévenant et...

— Très prévenant en effet, je l'ai remarqué ! Pourquoi as-tu bu autant d'alcool ? Et dis-moi, de quoi parliez-vous avec Melina ?

— De choses sans importance... Tu sembles très bien la connaître ?

— Très bien, en effet.

— Quand l'as-tu invitée à cette soirée ?

— ... Je crois me souvenir que c'était la fameuse nuit où je suis allé rendre visite à mon grand père. Fidelio est contremaître sur le ranch que loue Melina.

Cette fameuse nuit... C'était donc après leur dispute que Raul avait rendu visite à son grand-père pour lui annoncer la naissance de son petit-fils ! Et il y avait rencontré Melina. C'était aussi simple que cela. Elle en éprouva un soulagement intense, suivi d'une sensation de fatigue extrême.

— Je suis épuisée, dit-elle en fermant les yeux.

Raul la déshabilla et lui passa le haut d'un de ses pyjamas de soie dont il remonta les manches, beaucoup trop longues pour elle.

— Sais-tu que je possède une villa sur la côte ? Nous pourrions aller y passer quelques jours...

— Ce serait merveilleux.

Polly dormit d'un sommeil agité, peuplé de rêves affreux. Elle vivait dans la maison au fond du jardin tandis que Melina se pavanait dans la demeure du maître. L'histoire se répétait à l'envers. Elle se réveilla en sueur et aperçut Raul qui, en tenue de cavalier, s'apprêtait déjà à quitter la chambre.

— Quelle heure est-il ? demanda-t-elle en se frottant les yeux.

— A peine 5 heures et demie. Tu peux te rendormir.

Non, elle ne pouvait pas. Elle avait rendez-vous avec Patrick Gorman. A peine Raul eut-il franchi la porte qu'elle bondit hors du lit. Après une douche rapide, elle revêtit un jean et un T-shirt. Il fallait faire vite pour ne pas être en retard. Toutefois, elle se rendit à la nursery avant de quitter la maison. Pour rien au monde elle n'aurait manqué sa visite du matin à Luis. Arrivée sur le pas de la porte, elle s'arrêta, fascinée par le spectacle qui s'offrait à elle.

Confortablement installé dans le siège à bascule, Raul berçait Luis, blotti contre sa poitrine. Dans sa grenouillère jaune canari, le pouce dans la bouche, l'enfant souriait, béat, heureux et confiant. Le tableau était si touchant que Polly en eut les larmes aux yeux.

— Je pensais que tu étais parti, bredouilla-t-elle, confuse.

Comment avait-elle pu concevoir le projet absurde et ridicule de faire quelque chose derrière le dos de Raul ? Le sourire radieux qu'il lui adressa accentua encore son sentiment de culpabilité.

— Donner à mon fils son premier biberon de la journée est une activité très gratifiante.

126

— Tu lui as donné son biberon?

— L'ayant réveillé, c'était le moins que je pouvais faire.

Il tapota le dos de son fils qui soupira d'aise.

— En revanche, j'ai laissé à sa nourrice le soin de le changer, poursuivit-il. Quand je le vois tout nu, il me paraît si fragile que j'ai peur de lui faire mal.

Polly s'avança et prit Luis des bras de Raul pour le serrer tendrement contre elle, dans un grand élan d'amour. Cet enfant était pour elle la huitième merveille du monde. A la pensée qu'elle avait apposé sa signature au bas d'un contrat stipulant qu'elle l'abandonnerait un jour à son commanditaire, elle fut saisie d'un long frisson. Elle reposa délicatement le bébé dans son berceau et se retourna vers Raul. Il l'observait attentivement.

— Je constate que tu as chaussé tes bottes d'équitation. Aurais-tu finalement décidé de venir monter à cheval avec moi? Le jean n'est pas vraiment adapté mais je suppose que tu pourras t'en accommoder. Au fond, c'est une chance que je sois venu dans la nursery, sinon tu m'aurais manqué.

L'estomac contracté, Polly suivit Raul jusqu'à la voiture qui l'attendait devant la porte.

— Cela fait très longtemps que je n'ai pas monté, Raul...

— C'est quelque chose qui ne s'oublie pas. Au bout de deux heures, tu auras l'impression de n'avoir jamais arrêté.

Deux heures! Polly se dit que jamais elle ne tiendait en selle tout ce temps.

Ils arrivaient devant l'écurie. Patrick Gorman, sortant de l'un des box, se figea à leur vue.

— Vous êtes bien matinal ce matin, Patrick! s'étonna Raul. Polly va monter avec moi aujourd'hui.

— Je serai au bureau si vous avez besoin de moi, annonça Patrick sans même oser lancer un regard à la jeune femme.

Cette dernière semblait changée en statue, regardant, atterrée, le palefrenier leur préparer deux montures : El Lobo, le cheval préféré de Raul, et une jument pacifique qui, à son grand soulagement, semblait quelque peu endormie. Raul choisit une bombe adaptée à sa taille et l'aida à s'en coiffer, puis en régla l'attache. A son grand soulagement, car jamais elle n'aurait su comment manier cette coiffure de cavalier. Ensuite, il lui fit endosser un curieux vêtement.

— C'est une protection, tout simplement. Tu n'as pas monté depuis longtemps et je ne voudrais pas que tu te fasses mal.

Elle eut l'impression d'avoir endossé une armure. Puis, soudain, elle se sentit projetée dans les airs et se retrouva installée sur la selle. Jamais elle n'avait ressenti une telle panique de sa vie.

— Je ne sais pas monter ! cria-t-elle. Raul, tu m'entends ? Je ne suis jamais montée sur un cheval de ma vie !

— Je sais ! répondit-il, en lui mettant néanmoins de force les pieds dans les étriers.

— Comment ça, *tu sais* ? bégaya Polly tandis qu'il enfourchait El Lobo avec souplesse.

— Je ne suis pas tout à fait idiot, *gatita*. Il ne m'a pas fallu longtemps pour comprendre, l'autre jour, que tu ne connaissais rien aux chevaux.

— Je... j'ai pensé que tu mépriserais mon ignorance, avoua-t-elle, rouge de confusion.

Il saisit d'un geste sûr la bride de sa monture et partit d'un grand éclat de rire.

— C'est bien mal connaître les hommes ! Sache que nous éprouvons toujours beaucoup de plaisir à enseigner à une femme quelque chose qu'elle ignore et que nous maîtrisons.

Polly dut reconnaître qu'il venait encore de marquer un point.

— Hier soir, pendant le dîner, j'ai avoué à Patrick que je ne savais pas monter et... il a offert de me donner une leçon, ce matin.

Raul lui lança un regard plein de colère.

— Ne t'avise plus de traiter avec mes employés derrière mon dos, Polly !

— Je... c'était juste pour...

— Je t'interdis dorénavant de rencontrer Patrick Gorman en dehors de la présence d'un tiers.

— Mais c'est ridicule voyons !

— Je suis ton mari et j'ai le droit d'exiger que tu te conduises correctement.

Choquée de le voir réagir de façon aussi autoritaire, Polly se révolta.

— Exiger la présence d'un chaperon est tout de même excessif !

— Si tu me désobéis, je le renvoie !

Polly sut d'instinct qu'il ne plaisantait pas. Il était capable de mettre sa menace à exécution. Changeant abruptement de sujet, il lui fit alors remarquer qu'elle se tenait sur sa monture comme un sac de pommes de terre, et rectifia avec sévérité chaque détail de sa posture. L'heure qui suivit lui demanda une concentration maximale. Lorsque enfin ils arrivèrent au petit trot dans la prairie, elle eut l'impression d'avoir vaincu sa peur.

— Tu ne t'en tires pas trop mal pour une débutante, reconnut-il avec un sourire.

Elle releva la tête avec fierté car Raul n'était pas homme à faire des compliments non mérités.

Alors qu'ils chevauchaient côte à côte, elle sentit brusquement Raul se raidir sur sa monture. Suivant son regard, elle aperçut un cavalier s'avancer dans le lointain. Il s'agissait d'un *llanero* d'un certain âge, doté d'une impressionnante moustache et vêtu d'un poncho et d'un chapeau au large bord. Il s'approchait à bonne allure.

Quand il fut à leur portée, Raul s'adressa à lui en espagnol puis se tourna vers Polly.

— Je te présente mon grand-père, Fidelio Navarro.

Aussi raide qu'un piquet sur sa selle, le vieux *llanero* répondit quelques mots dont elle ne comprit pas le sens. Les deux hommes s'affrontaient du regard, aussi fiers l'un que l'autre et visiblement aussi peu enclins à faire des concessions. Polly se pencha et tendit la main au vieil homme, tout en lui souriant avec bienveillance. Après un instant d'hésitation, Fidelio Navarro fit avancer sa monture et prit la main tendue.

— Vous me feriez un grand plaisir en venant voir notre fils Luis, lui dit Polly.

— Il ne parle pas anglais, fit observer Raul d'une voix glaciale.

— Alors, s'il te plaît, traduis-lui mon invitation. Dis-lui également que je n'ai plus ni parents ni grands-parents et que je serais vraiment heureuse que Luis puisse connaître son arrière-grand-père.

Un épais silence s'établit, comme si Raul ne pouvait croire qu'une telle chose pût lui être demandée. Après ce qui parut à Polly une éternité, il finit par s'exécuter. Fidelio Navarro rencontra le regard rempli d'espoir de Polly et s'exprima de nouveau en espagnol.

— Il te remercie de ta chaleur et de ta générosité et dit qu'il va réfléchir à ta proposition, traduisit Raul.

Le regard du vieil homme avait exprimé beaucoup plus que ces mots. Il y avait eu comme une lumière au fond de ses yeux sombres, une décrispation autour de sa bouche rigide.

Comme ils se séparaient pour aller chacun dans leur direction, Raul se tourna vers elle, furieux.

— *Caramba*, qu'est-ce qui t'a pris de l'inviter? Crois-tu que je n'ai pas déjà essayé? Il n'est jamais venu.

— Si tu le regardais avec ces yeux-là, cela ne m'étonne pas qu'il ne se soit pas exécuté! Il prend ton invitation comme une pure formalité de ta part et ne croit pas en ton désir de te rapprocher de lui. Fidelio et toi avez tellement peur de perdre la face que jamais vous n'oserez vous dire les choses que vous pensez vraiment.

— Sache que n'ai jamais eu peur de rien ! Comment as-tu osé...

— Je l'ai fait pour Luis, déclara Polly avec aplomb.

Ce n'était pas entièrement vrai. Elle l'avait fait pour leur fils, bien sûr, mais aussi pour Raul, qui souffrait le martyre de ne pas avoir eu une vraie famille.

— Ce grand-père est tout ce qui reste de ta famille et de la mienne. Avons-nous le droit d'en priver Luis ?

— Le vieux Navarro m'a toujours ignoré. Je n'ai pas eu de vraie famille.

— Moi non plus. Mais nous sommes en train d'en construire une, non ?

— Construire une famille ! répéta Raul, déconcerté. Oui, je suppose que c'est ce que nous sommes en train de faire.

De retour à la maison, il lui demanda de prendre les dispositions nécessaires pour qu'ils puissent partir, l'après-midi même, pour sa villa sur la côte. Polly décida de s'octroyer d'abord un bain chaud afin de détendre ses muscles fatigués par sa dure initiation à l'équitation.

Immergée dans l'eau mousseuse et parfumée, elle laissa son esprit vagabonder. Qui était vraiment ce mari dont elle partageait désormais la vie ? Un tyran ou un homme d'une très grande sensibilité ? Les deux à la fois, sans doute. Sa réaction vis-à-vis de Patrick Gorman était exagérée. Lui interdire de le rencontrer désormais en dehors d'une tierce personne ! Mais, passé un instant de révolte face à ce dictat absurde, Polly avait ressenti l'irrésistible envie de le serrer dans ses bras. La vie n'avait pas été tendre pour Raul, elle devait bien le reconnaître.

Qu'avait-il été ? Le fils de la maîtresse d'Eduardo Zaforteza. Pilar avait dû subir bien des affronts, qu'elle avait essayé de noyer dans l'alcool. Certes, Eduardo avait fini par adopter ce fils illégitime, mais Yolanda avait dû faire payer cher à l'enfant son intrusion dans sa vie conjugale.

Polly comprenait mieux désormais la réaction de Raul

131

à l'idée qu'elle ait pu utiliser Luis comme une arme, un objet de chantage. Sans doute n'avait-il pas été autre chose durant toute son enfance.

La musique, sauvage et lancinante, retentissait dans chaque fibre de son corps. Fascinée, Polly contemplait les danseurs qui évoluaient sur la plage, pieds nus dans le sable, au rythme endiablé des *tamboures*, ces tambours creusé dans des troncs d'arbres. Nonchalamment allongé dans un transat, un sourire amusé sur les lèvres, Raoul ne la quittait pas du regard.

— J'étais certain que tu apprécierais le spectacle, *mi esposa*. C'est pourquoi j'ai fait venir cette troupe.

Levant les yeux, la jeune femme rencontra son regard. Le désir flagrant qu'il éprouvait pour elle libéra une onde de chaleur dans tout son corps. Le rythme des tambours et les ondulations des danseurs avaient allumé un feu dans leurs veines. Raul lui prit la main et elle sentit la fièvre la gagner.

Durant ces douze jours passés à la villa, Raul lui avait appris à apprécier chaque minute passée à ses côtés, et elle appréhendait maintenant le moment où il leur faudrait quitter la côte et rentrer. L'instant fatidique, hélas, approchait. Le week-end suivant, devait se tenir au ranch la grande fête annoncée par Melina. En attendant, dans ce havre de paix, Polly savourait un bonheur total que rien ne venait perturber.

Raul donnait de nombreux coups de téléphone et restait en contact avec le monde entier par ordinateur interposé, mais il passait le plus clair de son temps en sa compagnie, semblant en éprouver le plus grand plaisir. En fait, elle retrouvait cette complicité qui avait été la leur dans le Vermont avec, en plus, une merveilleuse entente sexuelle.

Sur la plage, comme la musique atteignait une sorte d'apogée, une danseuse en écarta une autre pour prendre sa place sur le devant de la scène improvisée. Polly s'en offusqua mais Raul éclata de rire.

132

— N'est-ce pas souvent ainsi que cela se passe dans la vie ?

Peut-être, mais c'est injuste ! aurait-elle voulu crier. Combien de temps encore allait-elle pouvoir vivre avec la secrète terreur que Raul reprenne sa liaison avec Melina D'Agnolo ? La pulpeuse Condesa n'avait-elle pas affiché sa ferme intention de l'attendre aussi longtemps qu'il le faudrait ? En outre, la vipère ne manquait pas d'atouts pour prendre un homme dans ses filets.

Ces questions angoissantes, et bien d'autres, se bousculaient dans son esprit enfiévré. Comment pouvait-elle espérer garder Raul auprès d'elle ? Combien de temps allait-il encore se passer avant que ne s'estompe l'attrait de la nouveauté qu'elle représentait à ses yeux de séducteur ?

Les tambours s'étaient tus et les danseurs vinrent prendre congé. Raul et Polly regagnèrent la villa. Bâtie auprès de la plage de sable fin face à une mer d'un bleu turquoise d'une limpidité totale, la maison, entourée de palmiers à l'ombre rafraîchissante, était un véritable paradis. Ils entrèrent sans bruit dans la chambre de Luis qui dormait à poings fermés dans son berceau. Raul entoura les épaules de Polly et lui murmura à l'oreille :

— C'est une pure merveille, non ?

— Comment pourrait-il en être autrement puisque c'est ton fils ? répondit-elle d'une voix moqueuse. Pour toi, il ne peut être que le plus beau bébé de la planète.

— Ose me dire que tu ne penses pas la même chose ! lança-t-il en l'obligeant à se retourner pour l'embrasser.

Polly répondit à son baiser avec toute l'ardeur dont elle était capable. Raul la souleva de terre et la porta jusqu'au lit de leur chambre. Il se tenait au-dessus d'elle, la dévorant des yeux, incapable de dissimuler le désir qu'elle lui inspirait.

Comment pouvait-il lui faire l'amour, la nuit comme le jour, ainsi qu'il le faisait depuis leur arrivée à la villa, et penser en même temps à une autre femme ? Polly ferma les yeux et se laissa dévêtir. Raul s'y appliqua avec une lenteur exaspérante, s'arrêtant pour déposer un baiser sur chaque parcelle de sa peau découverte.

— Je vais t'apprendre à danser pour moi, murmura-t-il d'une voix rauque.

Polly ouvrit grand ses yeux, effarée. Il avait l'air sérieux.

— Tu danseras pour moi, mais seulement dans l'intimité. Moi seul dois assister au spectacle de ton corps en mouvement.

Elle sourit, heureuse. Raul semblait ne jamais pouvoir se lasser de la regarder, de la caresser, inventant chaque jour une nouvelle façon de la faire vibrer. Il jouait de son corps comme d'un instrument de musique pour lequel il composait sans cesse de nouvelles mélodies.

Elle mit les mains en coupe autour de son visage et, du bout de sa langue, dessina le contour de ses lèvres. Il poussa un gémissement et la recouvrit de son corps, l'embrassant avec fougue. A partir de cet instant, ils cessèrent de penser.

Longtemps plus tard, alors que Polly se tenait alanguie contre lui, Raul enroula une mèche de ses cheveux autour de son doigt et demanda :

— Raconte-moi ta première rencontre, tes premiers émois amoureux...

Polly le dévisagea, effarée. Que signifiait cette question ? L'amour n'était pas le sujet de conversation préféré de Raul. Et, dans ce domaine, ce qu'elle aurait pu lui raconter était totalement insignifiant.

— Il s'appelait...

— Je ne veux pas connaître son nom, la coupa-t-il aussitôt, les mâchoires contractées.

— Euh... c'était un étudiant...

— Peu m'importe ce qu'il faisait. Je veux savoir ce que tu éprouvais.

— Ce... que j'éprouvais... balbutia-t-elle, désemparée. Euh... je suppose que mon cœur battait plus vite lorsqu'il s'approchait de moi. Cela n'a pas duré très long-temps. Je me suis vite demandé ce que j'avais bien pu lui trouver.

— Qu'avait-il donc fait?

— Un jour, à l'heure du déjeuner, il m'a entraînée dans sa chambre, prétendant que c'était mon jour de chance. Comme je repoussais ses avances, il s'est mis très en colère et m'a traitée de gourde. C'est ainsi que s'est terminée notre belle histoire d'amour.

— Quel âge avait-il?

— Dix-neuf ans. L'âge que tu avais lorsque toi et Melina...

Polly se mordit la lèvre, regrettant les mots qui venaient de lui échapper.

— Je... je veux dire... elle m'a informée que vous aviez été... très proches autrefois.

— Ah oui? dit-il, le regard soudain durci.

Polly ferma les yeux. Elle attendit une explication qui, hélas, ne vint pas.

— Nous regagnerons le ranch vendredi matin, l'informa Raul.

— Pourquoi si tard? protesta-t-elle. C'est le jour de la fête et... il y a beaucoup de choses à préparer!

— Les domestiques s'en chargeront. Après toutes ces années, ils sont tout à fait capables de mener à bien cette opération.

Se penchant vers elle, il l'attira contre lui, ses yeux pailletés d'or plongés au fond des siens.

— J'ai faim de toi, *mi esposa*...

Les mots coulèrent comme du miel dans le cœur de Polly. Cessant sur-le-champ de se poser des questions, elle répondit à son baiser avec cet appétit qui semblait ne jamais pouvoir être rassasié.

Le matin du départ, Polly se réveilla seule dans le lit. Elle n'en fut pas étonnée. Il était impossible de retenir

Raul après le lever du soleil. Luttant contre la tristesse qui l'envahissait à l'idée d'avoir à quitter ce coin de paradis, elle se leva, prit une douche puis alla se choisir un vêtement confortable pour le voyage.

Tout en examinant sa garde-robe, elle pensait aux merveilleux souvenirs qu'elle emporterait de ce séjour idyllique. Jamais elle n'oublierait leurs interminables et délicieuses promenades, main dans la main, le long du Paseo Colon Boulevard, à Puerta la Cruz, pas plus que la caresse légère de la brise de mer, les courses folles à bord d'un zodiac dans les mangroves du Mochina National Park, les dîners aux chandelles sur Margarita Island, ou le lèche-vitrine et les emplettes à Caracas ou à Paseo las Mercedes. Elle était heureuse, intensément heureuse.

Revêtue d'un pantalon de toile grège et d'une blouse assortie, elle se dirigea vers la chambre de Luis. Elle sourit en la trouvant vide : l'enfant devait être dans son couffin, à regarder travailler son père, ou à écouter les histoires qu'il ne manquait pas de lui raconter.

Elle se dirigea vers la pièce qui servait de bureau à Raul et elle l'entendit effectivement parler.

— ... si je m'ennuie ? disait-il d'une voix amusée. Aurais-tu oublié, Melina, qu'il s'agit de ma lune de miel ?

Polly se figea sur le pas de la porte. Son cœur battait si fort qu'elle avait l'impression qu'on pouvait l'entendre à des kilomètres. Comme le silence s'installait, elle s'avança. Raul se tenait debout, le dos à la porte et le combiné à l'oreille. Il semblait tendu. Ses doigts tambourinaient nerveusement sur la table.

— Merci, Melina, j'apprécie ta loyauté. Je serai, moi aussi, très heureux de te retrouver ce soir. Non, cela ne devrait pas être très difficile. Je ne suis pas un chien que l'on tient en laisse.

136

11.

Alors qu'il la soutenait pour monter les marches de la véranda, Raul dit à Polly d'une voix soucieuse :

— Tu vas aller te reposer, *gatita*. Tu sembles encore si fatiguée...

— Mais... et la fête... tous ces gens qui vont venir, articula la jeune femme avec difficulté.

— Cette fête a lieu depuis des lustres et les domestiques savent exactement ce qu'ils ont à faire.

Il se pencha et la souleva de terre comme si elle ne pesait pas plus qu'une plume.

— Je vais te mettre au lit et tu y resteras jusqu'à ce que tu te sentes mieux. Ta santé m'importe plus que tout le reste.

Après la conversation surprise dans le bureau de la villa, Polly avait été prise de violentes nausées qui s'étaient poursuivies pendant le voyage du retour, jusque dans l'avion. Raul avait diagnostiqué une indigestion et s'était montré plus attentionné que jamais. Finalement, elle était en proie à deux sentiments contradictoires : le désir qu'il disparaisse à jamais de sa vie, et celui qu'il la prenne dans ses bras et la garde pour toujours. Alors qu'elle traversait dans ses bras le hall rempli de fleurs fraîchement coupées, au milieu des domestiques affairés, Polly se fit la promesse solennelle de ne jamais laisser sa rivale prendre sa place.

Arrivée dans leur chambre, elle ne sut quelle conduite

adopter. Elle se posta près de la fenêtre afin que Raul ne puisse voir son trouble. Devait-elle lui parler dès maintenant de la conversation qu'elle avait surprise ? Mais qu'avait-elle exactement à lui reprocher ? Qu'il apprécie la loyauté de Melina ? Qu'il soit heureux de la retrouver ce soir ? Des accusations bien minces, il fallait le reconnaître. Et pourtant, de nouveau, elle se sentait terriblement vulnérable et en totale insécurité. Alors qu'elle laissait son regard errer à travers la fenêtre, une question impérieuse lui monta aux lèvres :

— Est-ce qu'un homme marié a besoin d'une maîtresse ?

Pas de réponse... Polly se retourna. Raul fixait sur elle de grands yeux perplexes. Il finit par lui adresser un large sourire.

— Pas s'il passe autant de temps au lit avec sa femme que je le fais.

— C'était une question sérieuse, Raul.

— Je la trouve pour ma part absurde mais je veux bien y répondre. Si un homme éprouve le besoin de prendre une maîtresse, il vaut mieux qu'il divorce.

Le cœur au bord des lèvres, Polly regarda de nouveau par la fenêtre.

— Y a-t-il quelque chose dont tu souhaites que nous parlions ? demanda Raul.

— Non, rien.

Sans réelles preuves pour étayer ses doutes, que pouvait-elle faire ?

— Hum... j'ai pourtant l'impression que quelque chose te tracasse.

Polly ne répondit pas, continuant à fixer sans le voir le paysage à travers la fenêtre. Raul s'approcha d'elle, et suivit ce qu'il crut être la direction de son regard.

— Je vais descendre l'étrangler de mes mains ! rugit-il soudain d'une voix à peine reconnaissable.

Stupéfaite, Polly chercha à comprendre ce qui avait pu déclencher une telle fureur. Elle aperçut Patrick Gorman au milieu de la cour, donnant des instructions à un groupe d'ouvriers chargés d'installer des lumières supplémentaires dans le jardin.

— Dieu du ciel, Raul, pourquoi?

— Parce que tu le regardes!

— Je ne le regardais pas! s'insurgea-t-elle avec humeur.

Raul tira rageusement les rideaux, masquant Patrick à son regard, et sortit de la pièce d'un pas raide, sans autre explication.

Il est vraiment jaloux! se dit Polly, effarée. La chose, soudain, lui devenait évidente. Cette jalousie était née le jour où, devant la barrière du haras, elle avait manifesté du plaisir à bavarder avec son compatriote. Un sentiment de colère l'envahit. Comment Raul pouvait-il se montrer jaloux alors que lui-même s'apprêtait à renouer avec sa maîtresse? Et, de nouveau, les questions taraudèrent son esprit : quand il avait remercié Melinda pour sa loyauté, de quoi voulait-il parler? Qu'elle l'ait attendu pendant tout ce temps?

Soudain, la porte de la chambre se rouvrit et Raul s'avança vers elle, hésitant, comme incertain de l'accueil qu'il allait recevoir. Dans un élan qui la déconcerta, il lui prit les deux mains qu'il serra dans les siennes.

— Nous avons un visiteur, *gatita*, annonça-t-il tandis qu'un sourire illuminait son visage. Mon grand-père est en bas.

Polly descendit l'escalier quatre à quatre. Fidelio Navarro attendait, en effet, debout dans le hall, tournant et retournant nerveusement son chapeau entre ses mains. Elle se précipita vers lui et déposa deux baisers chaleureux sur ses joues burinées. Le vieil homme sourit et la tension sembla retomber tandis que Raul traduisait les paroles de bienvenue de sa femme. Alors tous trois se dirigèrent vers la chambre de Luis. Polly prit l'enfant dans son berceau et le déposa dans les bras de son arrière-grand-père. Ce dernier dévora l'enfant du regard puis se mit à parler d'une voix où perçait une indicible émotion.

— Il dit... il dit que Luis a les yeux de ma mère, traduisit Raul.

Polly vit des larmes jaillir dans les yeux du vieil homme. Elle s'avança, lui reprit délicatement le bébé des bras, et se tourna vers Raul.

— Redescends avec ton grand-père, Raul. Vous avez à parler. De Luis, de toi, de ta mère. Dis-lui combien tu l'aimais. Dis-lui qu'il fait partie de notre famille et qu'il sera toujours le bienvenu dans notre maison.

— *Si*..., dit Raul en montrant le chemin au vieil homme.

Polly lança une prière au ciel pour que les deux hommes acceptent enfin d'abandonner leur carapace et fassent un pas l'un vers l'autre.

Deux heures plus tard, de son poste d'observation derrière la fenêtre de sa chambre, elle les vit sortir de la maison. Au moment de prendre congé, Fidelio serra Raul contre son cœur. Puis il remonta sur son cheval et disparut à l'horizon. Polly ressentit une immense gratitude. Son vœu avait été exaucé. Les deux hommes avaient enfin enterré la hache de guerre.

Polly contemplait, fascinée, l'image que lui renvoyait le miroir. Raul venait de lui passer une rivière de diamants autour du cou.

— Ce n'est pas un cadeau... que j'ai choisi pour toi dans une boutique, expliqua-t-il en lui tendant une paire de boucles d'oreilles assorties. Ces bijoux appartenaient à ma mère. Ils sont à toi désormais, et je serai fier que tu les portes.

— Ce sont de pures merveilles, dit Polly dans un souffle.

— Je suis le seul à avoir vu ma mère les porter. Mon père ne paraissait jamais avec elle en public.

Raul l'aida à mettre les boucles à ses oreilles.

— Grâce à toi, les Zaforteza sont devenus une vraie

140

famille. Je ne pourrai jamais te remercier assez d'avoir accompli ce miracle, *mi esposa*... Fidelio va désormais devenir un visiteur assidu dans cette maison, j'en suis sûr.

Polly retint les larmes de joie qui lui montaient aux yeux et concentra son attention sur son reflet dans le miroir en pied. Elle était très élégante avec ses cheveux relevés en un chignon qui laissait juste quelques mèches retomber, encadrant joliment son visage. Et il y avait cette longue et splendide robe du soir qui semblait avoir été cousue sur elle et dénudait ses épaules dorées par le soleil. Les diamants à son cou et à ses oreilles venaient rehausser le tout d'un éclat incomparable. Mais seule lui importait la lueur de sincère admiration qui dansait au fond des yeux sombres de son mari.

Raul s'empara de sa main et la porta à ses lèvres.

— Je crois que je t'aime.

Polly écarquilla les yeux de surprise. Puis son visage se crispa et elle libéra sa main d'un geste brusque.

— Non ! Tu n'éprouves qu'un sentiment de reconnaissance, c'est tout.

— Je suis désolé. J'ai été maladroit. Le « je crois » était de trop.

— Je t'en prie, Raul, ne te sens pas obligé de me rassurer ! Si, dans le passé, j'ai pu affirmer qu'un mariage sans amour ne me paraissait pas possible, j'ai évolué depuis. On ne peut exiger des autres qu'ils nous donnent ce qu'ils ne connaissent pas.

Raul se préparait à répondre lorsqu'on frappa à la porte. On le réclamait de toute urgence. Comme il s'apprêtait à quitter la pièce, Polly courut vers lui.

— Raul, je suis désolée, je ne voulais pas...

— Ne t'inquiète pas, tout va bien, mais nous devons descendre. Les premiers invités commencent à arriver.

Melina se trouvait parmi eux, superbe dans une robe rouge écarlate, ses magnifiques cheveux blonds faisant une auréole autour de son visage parfaitement maquillé. A la vue du collier de diamants qui ornait le cou de la maîtresse de maison, sa bouche se tordit en une affreuse grimace.

Les domestiques s'occupaient de faire transporter les bagages. Beaucoup d'invités logeraient dans les chambres attenantes au haras. Un instant déconcertée par cette intense activité, Polly se souvint de la promesse qu'elle s'était faite, et prit résolument sa place au côté de Raul.

Sa nature enjouée — même si elle s'assombrissait parfois en présence de Raul — fit des miracles auprès des invités. Polly s'aperçut très vite que sa chaleur spontanée leur plaisait et l'approbation qu'elle vit naître dans les yeux de son mari la réconforta. Au milieu de la soirée, un feu d'artifice tiré depuis le jardin entraîna tous les invités dehors. Comme Polly s'attardait, attendant que Raul termine sa conversation avec un groupe, Melina l'accosta.

— Vous couvez votre mari comme une poule ses poussins, ricana-t-elle.

Polly rougit, consciente qu'elle n'avait effectivement pas quitté Raul de la soirée, le suivant pas à pas partout où il allait.

— J'espère que ces diamants que vous exhibez vous consoleront de dormir seule la nuit ! poursuivit le serpent avant de disparaître dans la foule avec un immense éclat de rire.

Comme Polly sentait ses jambes se dérober, un bras entoura sa taille. C'était Raul.

— Melina semble bien joyeuse. Qu'avait-elle donc de si plaisant à te dire ?

— Euh, elle... elle admirait mon collier.

— Hum... elle adore les diamants mais déteste pourtant les voir porter par d'autres !

Les musiciens se mirent à jouer et entonnèrent une complainte typique des *llaneros*.

— Que dit la chanson ? demanda Polly.

— Elle parle d'un cœur brisé.

Une complainte appropriée ! songea-t-elle, amère, tandis que Raul s'éloignait, répondant à l'appel d'un des invités. C'est alors que Patrick s'approcha d'elle.

142

— Je n'ai pas osé vous aborder en présence de Raul, avoua-t-il.

— Pourquoi ?

— J'ai bien trop peur qu'il m'arrache les yeux ! Je le pensais uniquement préoccupé par les chevaux et les conquêtes féminines sans importance, mais depuis qu'il vous a épousée, il a totalement changé. Il est prêt à écharper tout homme qui vous approcherait de trop près. Surtout ne prenez pas ombrage que je ne vous invite pas à danser.

— Non, bien sûr, dit Polly en retrouvant brusquement le sourire.

Saisie soudain d'une nouvelle détermination, elle partit à la recherche de Raul. Elle devait lui parler, ne plus laisser les paroles de Melina lui gâcher sa soirée.

Elle le trouva enfin, à l'écart des invités, en grande conversation avec... sa rivale ! Mais, désormais, rien ne pourrait plus l'arrêter. Elle s'avança vers eux.

— Tu danses, Raul ? demanda-t-elle.

Melina arqua les sourcils. L'espace d'un instant, l'assurance de Polly sembla la déconcerter, mais elle se reprit bien vite et un sourire de satisfaction se dessina sur ses lèvres. Sans doute était-elle ravie que la jeune femme ait surpris leur aparté. Raul parut comprendre ce manège et entoura les épaules de sa femme avant de l'entraîner vers un coin isolé du jardin. Cela convenait parfaitement à Polly.

— Je ne voulais pas vraiment danser, lui dit-elle, mais plutôt te parler.

— A quel sujet ?

— Au sujet de toi et de Melina. A la villa, j'ai surpris votre conversation téléphonique.

Raul avait l'air aussi soucieux qu'intrigué.

— J'étais déterminée à te faire confiance, reprit-elle, mais comment le pourrais-je désormais ? Le jour même de mon arrivée, Melina m'a informée qu'elle avait été ta maîtresse et qu'elle ne doutait pas que tu lui reviennes.

Elle n'a évidemment pas manqué de m'avertir que, cette fameuse nuit, tu étais allée la rejoindre et...

— Une seule chose à la fois, Polly, je t'en prie! Melina m'a effectivement appelé quand nous étions à la villa. Elle avait une chose importante à me révéler. Après avoir longuement hésité, disait-elle, elle croyait de son devoir de m'informer que toi et Patrick Gorman aviez une liaison.

La nouvelle laissa Polly sans voix. Raul lui adressa un regard amusé.

— J'étais certain que tu apprécierais!

Ainsi, le serpent avait distillé son venin même auprès de Raul.

— «Diviser pour régner!», poursuivit ce dernier. La stratégie est vieille comme le monde mais n'avait aucune chance d'aboutir, tout au moins en ce qui me concerne. Melina ne te connaît pas comme je te connais. Je n'ai pas cru un mot de son histoire, mais j'ai joué le jeu pour voir jusqu'où elle pouvait aller.

Il héla une domestique et lui donna un ordre en espagnol, puis se retourna vers Polly.

— Je veux savoir très exactement tout ce que Melina t'a dit.

Polly s'exécuta. Raul l'écouta avec la plus grande attention, son visage exprimant une colère grandissante au fur et à mesure qu'il découvrait la vérité.

— Cette femme est un véritable poison, conclut-il lorsqu'elle eut terminé. Durant cette soirée où elle s'est jointe à nous pour le dîner, je n'ai cessé de l'observer, doutant de la pureté de ses intentions. Elle se montrait beaucoup trop amicale avec toi. Pourquoi ne m'as-tu pas parlé plus tôt de son accueil?

— Par crainte que tu n'y voies qu'une nouvelle démonstration de jalousie.

— Combien de preuves devrai-je encore te fournir pour que tu acceptes enfin de me faire confiance? Viens, allons dans mon bureau, dit-il en l'entraînant à sa suite.

Nous allons affronter le serpent ensemble. J'ai dépêché une domestique auprès d'elle pour l'informer que je désirais la voir en privé.

La perfide Condesa se trouvait déjà dans le bureau, nonchalamment appuyée contre le fauteuil de Raul. Elle se redressa, un sourire enjôleur aux lèvres, qui se figea en un rictus lorsqu'elle comprit que le maître de maison n'était pas venu seul.

— Après tous les mensonges que tu as proférés, lança Raul d'une voix glaciale, je me demande comment tu oses encore nous regarder en face.

— Mais qu'est-ce que...

— J'ai toujours cherché à t'aider, Melina. Lorsque, l'année dernière, tu es venue me parler de tes problèmes financiers, je t'ai écoutée avec sympathie. J'ai proposé de recourir à tes services en tant qu'hôtesse lorsque je donnais des soirées à l'*estancia*, et tu as été parfaite dans ce rôle, mais il s'arrêtait là.

— Je voulais plus que de la sympathie, Raul !

Le visage de Melina exprimait une haine farouche.

— C'est ce satané enfant qui a tout compromis, reprit-elle avec férocité. Sans lui, je serais aujourd'hui beaucoup plus qu'une hôtesse.

— Cesse de prendre tes désirs pour des réalités, Melina ! *Dios mío*... à dix-neuf ans, tu m'as séduit, je le reconnais, mais j'ai très vite compris qui tu étais. Pourtant, lorsque tu as eu besoin de moi, je n'ai pas hésité à t'apporter mon aide. Et en échange, tu as abreuvé Polly de mensonges et essayé de me faire croire des choses qui n'étaient pas. Tu ne changeras donc jamais ?

— Je ne comprends vraiment pas ce que tu trouves à cette idiote ! rétorqua Melina, verte de rage. C'est moi que tu aurais dû épouser !

— Pour pouvoir t'approprier la fortune des Zaforteza ? Car cela seul t'importe, n'est-ce pas ?

Melina avait pâli sous son maquillage. Elle redressa les épaules et elle voulut reprendre la parole mais Raul ne lui en donna pas le loisir.

— Tu es priée de libérer le ranch que je te loue dès la fin du mois. Je mets fin à ton contrat. Tu n'es plus la bienvenue ici. Une voiture va te ramener chez toi.

Sans même lui laisser le temps de répliquer, Raul prit Polly par la main et ils quittèrent la pièce.

— Elle... elle n'a jamais été ta maîtresse ? balbutia Polly.

— Nous avons eu une aventure quand j'avais dix-neuf ans, je l'admets, mais je n'étais pas son seul amant et j'ai vite compris ce qu'elle recherchait. Son avidité n'avait pas de limites. Quand elle a compris que je n'étais pas prêt à lui passer la bague au doigt, elle a réussi à se faire épouser par un riche industriel de quarante ans son aîné.

— Que lui est-il arrivé ? Il est mort ?

— Non, il a demandé le divorce. Sans plus attendre, Melina en a épousé un deuxième qui, lui, est mort en la laissant couverte de dettes. C'est alors qu'elle est venue solliciter mon aide. Je sais maintenant que jamais je n'aurais dû la lui accorder.

A 4 heures du matin, les derniers invités se décidèrent enfin à aller se coucher, libérant ainsi le couple épuisé par cette soirée pleine de rebondissements.

— Enfin seuls ! s'exclama Raul. J'aurais payé une fortune pour que nos invités disparaissent en fumée.

— Raul ! Ce n'est pas très gentil pour eux...

— Je mourais d'envie de t'avoir pour moi tout seul. Tout d'abord, je voulais te dire que j'ai des projets pour la semaine prochaine. Dimanche soir, je t'enlève à notre fils et nous partons tous les deux pour Londres. J'ai une surprise pour toi...

Polly l'écoutait d'une oreille distraite, encore sous le coup de la scène qui s'était déroulée dans le bureau.

— Jamais je n'aurais dû écouter Melina ! balbutia-t-elle. Pourras-tu jamais me pardonner ?

Raul s'approcha et la serra contre lui.

— Il est temps que tu appliques enfin le troisième principe de ton père, que tu te taises et que tu m'écoutes.

146

Elle leva la tête et rencontra le regard pailleté d'or. Raul avait l'air extrêmement grave.

— Je suis tombé follement amoureux de toi dans le Vermont, mais je ne l'ai compris que très récemment. Je considérais que tu étais mienne comme était mien l'enfant que tu portais dans ton sein, et je ne cherchais pas à analyser mes sentiments. Lorsque tu as disparu, je t'ai cherchée comme un fou, certain que c'était mon enfant que je recherchais. J'avais la même réaction que quand il me devenait de plus en plus difficile de résister à l'envie de te prendre dans mes bras. J'essayais de me persuader que c'était uniquement parce que tu étais la mère de mon enfant.

— Tu étais très convaincant !

— L'enfant m'a également servi d'excuse, inconsciemment bien entendu, pour accepter de t'épouser.

— Tu oublies que j'ai fait pression sur toi.

— Je n'étais pas obligé d'accepter. Mais soudain, tu me fournissais une excellente raison de t'attacher à moi par des liens officiels. C'est alors que tu as disparu pour la deuxième fois et que j'ai failli perdre la raison.

Polly posa sa tête contre la poitrine rassurante.

— Oh, Raul, murmura-t-elle, dire que je pensais que seul Luis comptait pour toi !

— J'étais moi-même incapable de comprendre que je t'aimais. C'était si nouveau pour moi ! Je pensais qu'une fois assouvi l'incoercible désir de te faire l'amour, je redeviendrais moi-même. Ce ne fut pas le cas.

— Vraiment ?

— Tu te souviens de cette fameuse nuit où j'ai perdu la tête en ne te trouvant pas dans ta chambre ? C'est ce jour-là que j'ai pris conscience du pouvoir que tu avais sur moi. J'en ai d'abord été terrifié. Puis les choses n'ont fait qu'empirer. Un jour, je t'ai vue sourire à Patrick Gorman et j'ai eu des envies de meurtre. C'était si absurde, si stupide, *querida* !

Polly sourit. N'avait-elle pas, à plusieurs reprises, éprouvé les mêmes envies ?

— J'aurais voulu sans cesse te prendre dans mes bras, te faire l'amour, mais je me l'interdisais, poursuivit Raul. Dieu merci, je m'autorise absolument tout aujourd'hui...

Il la porta jusqu'au lit, la déshabilla et commença à couvrir son corps de baisers. Puis ils firent l'amour comme jamais encore ils ne l'avaient fait, se donnant l'un à l'autre sans restriction aucune. Les nuages noirs semblaient avoir été définitivement chassés de leur ciel.

Longtemps, ils restèrent blottis l'un contre l'autre.

— Ce séjour à la villa m'a comblé, murmura Raul à l'oreille de Polly. Jamais je n'aurais cru un tel bonheur possible.

— A propos, pourquoi allons-nous à Londres ?

— C'est une surprise...

— Je veux savoir ! insista Polly en lui effleurant la cuisse du bout des doigts.

— Même sous la torture, je ne parlerai pas !

Il lança un regard à sa montre.

— Et si, demain, je m'endors sur le dos d'El Lobo pendant le match de polo, ce sera ta faute !

— La belle affaire ! Ce n'est jamais qu'un jeu...

Raul se pencha vers elle, les yeux débordants de tendresse.

— Tout autre que toi aurait eu les yeux arrachés pour avoir osé proférer une telle monstruosité !

Trois jours plus tard, l'énorme limousine remontait la rue principale de Gilbourne menant à la somptueuse demeure de style géorgien qui avait appartenu à Nancy Leeward.

— Pourquoi me conduis-tu ici ? demanda Polly, intriguée.

— Cette maison t'appartient désormais, *gatita*. Je l'ai achetée pour toi. Lorsque tu t'es enfuie, je t'ai cherchée partout et je suis arrivé jusqu'à cette demeure dont tu m'avais parlé dans le Vermont. Je savais combien tu y étais attachée. L'agence chargée de la vente était en train de la faire visiter à des acheteurs dont j'ai surpris la conversation : ils projetaient de supprimer la tonnelle de roses sous laquelle tu venais t'asseoir auprès de ta marraine. Alors, je l'ai achetée.

— Tu l'as achetée, pour *moi* ?

— Oui, pour toi. Quand nous viendrons en Angleterre, nous pourrons séjourner ici.

Soudain, Polly découvrit deux autres limousines garées dans l'allée.

— Qui a bien pu entrer ici ? demanda-t-elle.

— Tes deux amies, Maxie et Darcy.

— Maxie et Darcy ! répéta Polly comme dans un rêve.

— Je les avais invitées au ranch, pour la fête, mais Maxie attend un bébé et dans son état, un vol aussi long n'était pas recommandé. C'est pourquoi j'ai préféré organiser la petite réunion ici.

— Raul... la dernière fois que nous nous sommes retrouvées dans cette maison, Darcy et Maxie ont pratiquement engagé la troisième guerre mondiale. Par quel miracle as-tu réussi à les convaincre de venir ?

— Elles n'ont pas pu résister au plaisir de te revoir, tout simplement.

Quelques secondes plus tard, les trois amies s'embrassaient et riaient, aussi émues les unes que les autres.

Maxie présenta Angelos à Polly qui découvrit enfin l'heureux élu qu'elle ne connaissait que par photos interposées. Et Darcy était venue avec Gianluca Raffacani, son mari depuis quelques mois. Les trois femmes s'éloignèrent bientôt, laissant les hommes entre eux. Elles avaient tant de choses à se dire...

Quand la nuit tomba sur la paisible demeure, Polly se glissa avec délices entre les draps du grand lit à baldaquin où elle aimait tant autrefois rejoindre sa marraine. Elle était encore bouleversée par l'extraordinaire cadeau que Raul venait de lui offrir. Chaque jour, elle découvrait de nouvelles raisons d'aimer son mari. Nancy Leeward pouvait être satisfaite : ses trois filleules étaient mariées et rayonnaient de bonheur.

Raul se glissa auprès d'elle et, une fois encore, Polly se sentit fondre du bonheur d'avoir un tel homme à ses côtés.

— De quoi avez-vous parlé entre femmes ? demanda Raul. De nous, je suppose, alors que nous autres discutions affaires.

— Menteur ! La salle de billard était restée ouverte et nous avons tout entendu. Pour Angelos, Maxie sera la meilleure des mères. Pour Luca, il n'y a pas plus experte en matière d'antiquités que sa femme Darcy. Quant à moi, il paraît que j'ai un talent inné pour l'équitation !

Il roula sur elle et plongea ses yeux au fond des siens.

— Bon, d'accord, j'ai un peu exagéré ! Mais je ne pouvais tout de même pas leur avouer la vérité !

— C'est-à-dire ?

— Que je t'aime comme un fou, *gatita*.

Extatique, Polly ferma les yeux et se livra sans réserve aux plaisirs de l'amour.

Le nouveau visage
de la collection Or

◆

AMOURS D'AUJOURD'HUI

Afin de mieux exprimer sa modernité et de vous séduire encore davantage, votre collection Or a changé de couverture et de nom depuis le 1er mars 1995.

Rassurez-vous, les romans, eux, ne changent pas, et vous pourrez retrouver dans la collection **Amours d'Aujourd'hui** tous vos auteurs préférés.

Comme chaque mois, en effet, vous y attendent des héros d'aujourd'hui, aux prises avec des passions fortes et des situations difficiles...

COLLECTION
AMOURS D'AUJOURD'HUI :
Quand l'amour guérit des blessures de la vie...

Chère lectrice,

Vous nous êtes fidèle depuis longtemps?
Vous venez de faire notre connaissance?

C'est pour votre plaisir que nous avons
imaginé un rendez-vous chaque mois
avec vos auteurs préférés, vos
AUTEURS VEDETTE dans les
collections Azur et Horizon.

Les AUTEURS VEDETTE vous
donneront rendez-vous pour de
nouveaux livres vedette.

Pour les reconnaître, cherchez
l'étoile... Elle vous guidera!

Éditions Harlequin

HARLEQUIN

LE FORUM DES LECTEURS ET LECTRICES

CHERS(ES) LECTEURS ET LECTRICES,

VOUS NOUS ETES FIDÈLES DEPUIS LONGTEMPS?

VOUS VENEZ DE FAIRE NOTRE CONNAISSANCE?

SI VOUS AVEZ DES COMMENTAIRES, DES CRITIQUES À FORMULER, DES SUGGESTIONS À OFFRIR, N'HÉSITEZ PAS... ÉCRIVEZ-NOUS À:

> LES ENTERPRISES HARLEQUIN LTÉE.
> 498 RUE ODILE
> FABREVILLE, LAVAL, QUÉBEC.
> H7R 5X1

C'EST AVEC VOS PRÉCIEUX COMMENTAIRES QUE NOUS ALLONS POUVOIR MIEUX VOUS SERVIR.

DE PLUS, SI VOUS DÉSIREZ RECEVOIR UNE OU PLUSIEURS DE VOS SÉRIES HARLEQUIN PRÉFÉRÉE(S) À VOTRE DOMICILE, NE TARDEZ PAS À CONTACTER LE SERVICE D'ABONNEMENT; EN APPELANT AU (514) 875-4444 (RÉGION DE MONTRÉAL) OU 1-800-667-4444 (EXTÉRIEUR DE MONTRÉAL) OU TÉLÉCOPIEUR (514) 523-4444 OU COURRIER ELECTRONIQUE: AQCOURRIER@ABONNEMENT.QC.CA OU EN ÉCRIVANT À:

> ABONNEMENT QUÉBEC
> 525 RUE LOUIS-PASTEUR
> BOUCHERVILLE, QUÉBEC
> J4B 8E7

MERCI, À L'AVANCE, DE VOTRE COOPÉRATION.

BONNE LECTURE.

HARLEQUIN.

VOTRE PASSEPORT POUR LE MONDE DE L'AMOUR.

ROUGE PASSION

De fiévreuses histoires d'amour sensuelles!

De provocantes histoires d'amour passionnées et romantiques qu'on lit d'une seule traite. Aventureuses, parfois humoristiques, et sensuelles, elles mettent en vedette des hommes et des femmes d'aujourd'hui.

ROUGE PASSION... quatre nouveaux titres chaque mois.

GEN-RP

COLLECTION
HORIZON

Des histoires d'amour romantiques qui
vous mènent au bout du monde!

Découvrez la passion et les vives
émotions qu'apportent à la Collection
Horizon des auteurs de renommée
internationale!

Captivantes, voire irrésistibles, ces
histoires d'amour vous iront
assurément droit au coeur.

Surveillez nos quatre nouveaux titres
chaque mois!

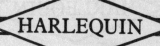

HARLEQUIN

COLLECTION
ROUGE PASSION

- **Des héroïnes émancipées.**
- **Des héros qui savent aimer.**
- **Des situations modernes et réalistes.**
- **Des histoires d'amour sensuelles et provocantes.**

**LAISSEZ-VOUS TENTER
par 4 titres irrésistibles
chaque mois.**

RP-1

Composé sur le serveur d'Euronumérique, à Montrouge
PAR LES ÉDITIONS HARLEQUIN
Achevé d'imprimer en décembre 1999
sur les presses de l'Imprimerie Bussière
à Saint-Amand-Montrond (Cher)
Dépôt légal : janvier 2000
N° d'imprimeur : 2565 — N° d'éditeur : 8006

Imprimé en France